페리클레스

옮긴이 **홍유미**

이화여자대학교 영어영문학과를 졸업하고 동 대학원에서 셰익스피어와 현대 영미희곡으로 석사 및 박사학위를, 영국 버밍엄대학교 영어영문학과에서 셰익스피어로 석사(MPhil) 학위를 받았다. 현재 명지대학교 방목기초교육대학 교수로 재직 중이다.

저서로는 『셰익스피어 1』이, 역서로는 『로미오와 줄리엣』, 『숀 오케이시 희곡선집』, 『버킹엄셔에 비치는 빛』, 『푸코와 문학: 글쓰기의 계보학을 위하여』(공역), 『셰익스피어 비극』(공역) 등이 있다. 논문으로는 「아일랜드 대기근과 민족적 기억: 톰 머피의 *Famine* 연구」, 「창밖의 역사: 오케이시의 '페트리엇 게임'과 *The Plough and the Stars*」를 비롯하여, 「글라스펠의 '부재'의 미학: 무덤 너머의 역설」, 「'나의 남성적 부분 내 안의 시인': 아프라 벤과 위반으로서의 여성 글쓰기」, 「"아일랜드 여성 극작가는 없다!"?: 북아일랜드 여성 극작가 연구」 등 다수가 있다.

페리클레스

초판 발행일 2015년 9월 10일

옮긴이 홍유미
발행인 이성모
발행처 도서출판 동인
주 소 서울시 종로구 혜화로3길 5 118호
등 록 제1-1599호
TEL (02) 765-7145 / FAX (02) 765-7165
E-mail dongin60@chol.com
ISBN 978-89-5506-657-9
정 가 8,000원

※ 잘못 만들어진 책은 바꿔 드립니다.

한국셰익스피어학회 작품총서 009

페리클레스
Pericles

윌리엄 셰익스피어 지음
홍유미 옮김

도서출판 동인

발간사

지금까지 셰익스피어 작품에 대한 번역은 끊임없이 다양한 동기에 의해 진행되어 왔다. 초창기 셰익스피어 작품 번역은 일본어 번역을 우리말로 옮기는 작업이었다. 일본이 서구에 대한 수용을 활발한 번역을 통해서 시도하였기 때문에 일본어를 공부한 한국 학자들이 번역을 하는데 용이했던 까닭이었다. 하지만 이 경우는 문학적인 차원에서 서구 문학의 상징적 존재인 셰익스피어를 문학적으로 소개하는 것이 목적이어서 문어체를 바탕으로 문장의 내포된 의미를 부연하게 되어 매우 복잡하고 부자연스러운 번역이 주조를 이루었던 것이 문제가 되었다.

그 다음 세대로서 영어에 능숙한 학자들이나 번역가들이 셰익스피어 번역에 참여하게 되었다. 셰익스피어 작품에 대한 수많은 주(note)를 참조하여 문학적 이해와 해석을 곁들인 번역은 작품의 깊이를 파악하는데 많은 도움이 되었다고 볼 수 있다. 하지만 셰익스피어 작품을 무대에 올리는 배우들에게는 또 다른 문제가 생길 수밖에 없었다. 문학적 해석을 번역에 수용하는 문장은 구어체적인 생동감을 느낄 수 없었고, 호흡이 너무 길어 배우가 대사로 처리하기에 부적합하였다.

이런 문제점을 해결하기 위해서 번역가마다 각자 특별한 효과를 내도록 원서에서 느낄 수 있는 운율적 실험을 실시하기도 하였다. 그런 시도는 셰익스피어 번역에 새로운 분위기를 자아내었을 뿐 아니라 다양한 번역이 이루어져 나름의 의미가 있었다고 본다. 반면에 우리말을 영어식의 운율에 맞추는 식의 인위적 효과를 위해서 실험하는 것은 배우들이 대사 처리하기에 또 다른 부자연성을 느끼게 하였다.

한국에서 셰익스피어를 연구하는 학자들이 모이는 한국셰익스피어학회에서 셰익스피어 탄생 450주년을 기념하여 셰익스피어 전작에 대한 새로운 번역을 시도하기로 하였다. 우선 이번 번역은 셰익스피어 원서를 수준 높게 이해하는 학자들이 배우들의 무대 언어에 알맞은 번역을 한다는 점에서 차별성을 두고자 한다. 또한 신세대 학자들이 대거 참여하여 우리말을 현대적 감각에 맞게 구사하여 번역을 하자는 원칙을 정하였다.

시대가 바뀔 때마다 독자들의 언어가 달라지고 이에 부응하는 번역이 나와야 한다고 본다. 무대 위의 배우들과 현대 독자들의 언어감각에 맞는 번역이란 두 마리 토끼를 잡는 것은 그리 쉬운 일은 아니지만 매우 의미 있는 일일 것이다. 이번 한국 셰익스피어 학회가 공인하는 셰익스피어 전작 번역이 성공적으로 이루어지도록 뒷받침하는 도서출판 동인의 이성모 사장에게 심심한 감사의 뜻을 전하며 인문학의 부재의 시대에 새로운 인문학의 부활을 이루어내는 계기가 되리라 믿는다.

2014년 3월
한국셰익스피어학회 17대 회장 박정근

셰익스피어 연구를 평생의 업으로 삼고자 결심하게 된 것은 대학시절 맥베스의 유명한 독백과 만나면서였다. 간결한 언어 속에 인생의 온갖 지혜와 인간의 한계를 담아내는 셰익스피어의 능력과 그가 보여주는 세계에 조금의 주저도 없이 그만 매혹 당해버렸다. 열심히 그 독백을 외우며 그의 언어의 매력에 끌려들어갔다. 그로부터 많은 세월이 훌쩍 흘러버린 지금에 와서도, 셰익스피어는 내게는 여전히 마력을 행사하며 그의 능력에 대해 경탄하게 만든다. 젊은 시절과는 또 다른 매력과 깨달음과 지혜를 주며 셰익스피어의 작품은 내게는 파도 파도 새로이 샘솟아 나오는 마르지 않는 물과 같다.

하지만 안타깝게도 셰익스피어의 작품과 언어가 가진 그 매력과 능력은 원전과의 만남에서만 가능하다고 생각된다. 번역을 통해 셰익스피어를 만나게 되는 것은 가장 탁월한 셰익스피어의 능력을 경험하는 부분은 포기하고 시작하는 것이다. 그럼에도 불구하고 셰익스피어의 작품은 여전히 세상과 인생에 대한 강력한 세계를 경험하게 해준다. 그렇다면 언어를 제외하고도 그의 작품이 그토록 우리에게 호소력을 갖는 것은 무엇 때문일까? 강력한 스토리의 힘, 매력적인 인물들, 르네상스시대의 격동을 담고 있는 위대한 시대의 위력일까?

신구가 상충되며 기존의 가치관에 의문을 제기하는 그 실험정신과 문제 제기의 힘일까? 셰익스피어의 많은 작품들이 기존에 전해져오던 이야기나 당시 사람들에게 많이 알려져 있던 사실들에 기반하여 쓰였다는 것을 안다면 동시대의 다른 작가들과 구분되는 그의 특별함은 더욱 특별하게 여겨진다.

역자는 셰익스피어가 담은 이야기를 내러티브의 차원에서 전달해주는 것밖에 못하는 부족한 역량과 근본적인 한계에 안타까울 뿐이다. 그의 언어가 갖는 아름다움과 운율은 아무리 노력해도 번역을 통해 온전하게 전달하기는 불가능하다. 『페리클레스』는 특히 셰익스피어가 다른 저자와 공저를 한 작품으로, 셰익스피어는 3막 이후를 쓴 것으로 알려져 있다. 원문으로 접했을 경우, 작품의 초반과 셰익스피어가 쓴 중후반부는 차이가 난다. 번역의 경우에는 크게 차이가 없이 읽히겠지만, 이번 『페리클레스』 번역의 과정에서도 역자는 또 한 번 셰익스피어의 언어의 힘을 체험하게 되었다. 1, 2막에 비해 3막부터는 언어의 흡인력이 대단하였다. 그로 인해 주는 감동도 굉장했다. 비평가들로부터 호평을 끌어냈던 페리클레스와 마리나의 재회 장면은 역시나 눈물을 흘리게 만드는 감동적인 장면이었다.

여러모로 부족한 역자가 번역한 본 『페리클레스』에서도 독자들이 동일한 감동을 느낄 수 있기만을 바래본다. 또한 더 많은 유명세를 누리는 셰익스피어의 작품들에 부족하지 않은 『페리클레스』와의 만남에서 독자들이 셰익스피어의 위대함과 접하고 그를 더 알고 싶게 되는 계기가 되기를 바래본다. 셰익스피어를 알기 전과 셰익스피어를 알게 된 후는 실로 큰 차이를 경험하게 되리라고 믿으며...

2015년 5월
홍유미

차례

발간사   5

옮긴이의 글   7

등장인물   10

1막   11

2막   41

3막   71

4막   93

5막   129

작품설명   157

셰익스피어 생애 및 작품 연보   172

등장인물

장소: 타이어, 안티옥, 펜타폴리스, 타르서스, 미틸리니, 에피서스

가우어 코러스
페리클레스 타이어의 왕자
헬리카너스 타이어의 귀족
에스카네스 타이어의 귀족
안티오커스 안티옥의 왕
시모니데스 펜타폴리스의 왕
클레온 타르서스의 총독
라이시마커스 미틸리니의 총독
세리몬 에피서스의 귀족
탈리아드 안티옥의 귀족
필레몬 세리몬의 하인
레오나인 다이오나이자의 하인
의전관
포주
보울트 포주의 하인
안티오커스 왕의 딸
다이오나이자 클레온의 아내
타이사 시모니데스의 딸
마리나 페리클레스와 타이사의 딸
라이코리다 마리나의 유모
포주댁
다이아나 여신
귀족들, 귀부인들, 기사들, 신사들, 선원들, 해적들, 어부들, 그리고 전령들

1막

프롤로그

안티옥의 궁전 앞

가우어 등장

옛날 옛적부터 불러온 노래를 부르고자

저승에서부터 그 옛날의 가우어가 왔나이다[1]

나약한 인간의 몸을 두르고,

여러분들의 귀를 즐겁게 해주고, 눈을 기쁘게 해드리려고 말입니다.

5 그 노래는 각 계절의 금식주간 전야[2]와 성축일 같은

축제 때마다 불러왔으며,

귀족들과 귀부인들은 자신들의 삶에서

재충전을 목적으로 읽어왔답니다.

그 유익함은 인간들을 영광스럽게 해주는 것으로,

10 "좋은 것은 오래되면 될수록 좋은 법"이지요.

문명이 더욱 성숙된 이런 후세에 태어난

여러분들께서 제 노래를 받아주신다면.

그리고 이 늙은이의 노래를 듣는 것이

---

1. 가우어(Gower 1327-1408)는 중세의 시인으로, 『페리클레스』가 글로브 무대에 올려지기 거의 200년 전에 죽었다. 가우어의 『사랑의 고백』(*Confessio Amantis*, 1393)이 『페리클레스』의 중요한 원전이 되었다고 알려져 있다.
2. 1년 중 네 번, 매 계절마다 사흘에 걸쳐 금식하고 기도하는 기간.

여러분들의 소망에 기쁨을 안겨다준다면

저는 생명을 얻어, 마치 촛불처럼 15

여러분을 위해 전부 태울 수도 있을 겁니다.

이 안티옥은, 그 당시에는 위대한 안티오커스 대왕이

자신의 가장 주요한 거점으로 삼고자, 세운 도시랍니다.

온 시리아에 걸쳐 가장 아름다운 곳이지요.

제 저자들의 이야기를 여러분들께 읊어드리겠습니다. 20

이 왕은 아내를 맞게 되었는데,

상속녀만 남겨두고 죽어버렸지요.[3]

그 공주는 너무도 생기 있고, 쾌활하고, 얼굴도 고와

마치 하늘이 온갖 은총을 내려준 것 같았습니다.

그런데 그 아버지가 그 딸을 좋아하여 25

그만 근친상간의 관계를 맺어버렸지요.

몹쓸 자식에다 더 몹쓸 아비 같으니! 제 자식을

그 누구도 해서는 안 될 악행으로 꾀어내다니 말입니다.

허나 그들이 시작한 일이 너무도 오래 계속되다보니

그만 익숙해져 버린 나머지 더 이상 죄같이 여겨지지도 않게 되었습니다. 30

이 죄지은 여인의 아름다움은

많은 뭇 왕자들로 하여금 그곳으로 가도록 만들었지요.

공주를 결혼의 즐거움을 함께 할 동무이자,

잠자리 친구로 얻고자 말입니다.

---

3. 안티오커스 왕의 왕비가 출산 중 사망한 것이 암시되고, 이는 타이사와 마리나의 경
   우를 예비해주고 있다.

35   이를 막기 위해, 왕은 법을 만들어

딸을 계속 자기 곁에 두고자 하였는데,

그 법은 바로 공주를 아내로 얻고자 하는 자는

왕의 수수께끼를 풀지 못하면 생명을 잃게 된다는 법이었습니다.

그리하여 공주를 얻으려던 많은 이들이 죽음을 맞게 되었지요.

40   저기 저쪽의 험상궂은 얼굴들이 증명해주듯이 말입니다.

[위에 전시되어 있는 머리들을 가리킨다.]

이제부터 벌어지는 일들은, 여러분의 안목의 판단에 맡길 것이니

믿어지는지 아닌지는 여러분께서 잘 판단해주시길 바랍니다.

퇴장한다.

1장

안티옥. 궁전의 어느 방

안티오커스 왕, 페리클레스 왕자, 그리고 부하들이 들어온다.

안티오커스 타이어의 젊은 왕자여, 그대가 감행하려는 그 일의 위험을
상세히 들었겠지.

페리클레스 안티오커스 왕이시여. 그러하옵니다. 그리고
공주의 칭찬을 받게 될 그 영광을 생각하니 용감해져,
이 일에 죽음도 불사할 겁니다.   5

안티오커스 음악을 연주하라!
내 딸을 들게 하라. 조브신조차도 포옹하기에 합당한
신부처럼 옷을 차려 입혀서 말이다.
임신하게 되어 루시나 여신[4]이 지배할 때까지,
자연이 그 존재를 기뻐하도록 이런 지참금을 주었도다.   10
온갖 행성들이 전부 의사당에 모여 앉아
각자가 지닌 최고로 완벽한 것들을 공주에게 모두 지어 입혔구나.

음악. 안티오커스 왕의 딸 등장

페리클레스 저기 공주가 오는 걸 보라. 마치 봄의 여신[5]처럼 차려입은 채

---

4. 루시나는 아기의 임신에서부터 출산에 이르기까지 관장하는 로마의 여신이다.

미의 세 여신들마저도 공주를 섬기는 백성이며, 공주의 품은

생각들은 인간들에게 명성을 가져다주는 온갖 덕목의 왕이로다.

공주의 얼굴은 온갖 칭송들로 이루어진 책자로,

그 책에서는 진기한 즐거움들 밖에 읽히질 않는구나,

그곳에서는 슬픔은 모두 지워져버렸고 성미 급한 분노는

결코 온화한 친구가 될 수 없을 것 같도다.

오, 이 몸을 인간으로 만드셨고, 사랑에 지배당하게 만드신 신들이시여.

저기 있는 천상의 나무의 과일을 맛보든지

아니면 그런 모험을 하다 죽고자 하는 욕망을

내 가슴 속에 불지펴놓은 신들이시여,

이 몸은 당신의 뜻에 순종하는 아들이자 하인이오니, 저를 도우셔서,

그와 같은 끝없는 행복을 누리게 해주소서.

안티오커스 페리클레스 왕자여 —

페리클레스 위대하신 안티오커스 왕의 사위로 불러주신다면 좋겠나이다.

안티오커스 그대 앞에 아름다운 이 헤스퍼라이드[6]가 서있도다.

황금의 과일이 열려 있지만 만지면 위험하노니,

죽음이라는 용들이 여기서 으르렁대며 그대를 심히 두렵게 만들

고 있고

공주의 얼굴은 마치 천국과도 같아

---

5. 로마신화의 봄의 여신인 플로라를 의미한다.
6. 헤스퍼라이드(Hesperides)는 헤스퍼러스(Hesperus)의 딸들로, 헤스퍼러스의 정원에 매달려 있는 황금 사과나무를 지켰다. 헤라클레스의 일 중에 하나가 황금 사과를 지키는 용을 지나 이 사과를 따는 것이었다. 셰익스피어는 헤스퍼라이드를 정원의 이름으로 생각했다.

그녀의 헤아릴 수 없이 많은 영광을 보도록 그대를 유혹하지만

　자격 있는 자만이 얻을 수 있는 것이다.

또한 자격이 없다면, 그대의 눈이 다다르고자 했다는 이유로,

그 육신 전체가 죽어야만 할 것이다.

그대와 마찬가지로, 저기 걸려 있는 한때는 유명했던 왕자들이　35

욕망으로 모험적이 되어, 소문을 듣고 이끌려 왔었다가,

소리도 내지 못하는 혀를 지닌 채 창백한 모습으로, 그대에게 말

　해주고 있구나.

저기 저쪽 별들이 무성한 하늘 외에는 덮개도 없는 채

큐피드의 전쟁에서 죽음을 당하여 순교자들로 여기 서 있노라고.

그리고 그 죽음의 두 뺨으로 그대에게 조언해 주는구나.　40

그 누구도 저항할 수 없을 그 죽음의 그물로 나아가기를 포기하라고

페리클레스　안티오커스 왕이시여, 폐하께 감사드리나이다.

저의 연약한 죽을 운명을 스스로 깨닫도록 가르쳐주시고,

저 두려운 물건들로 소신을 준비시켜 주시니요.

그들에게처럼 제게도 반드시 닥칠 일에 대해서 말입니다.　45

왜냐하면 죽음이란 기억되면 거울과 같은 것이니까요. 우리에게

인생이란 한낱 호흡에 불과하며, 그것을 믿는 것은 잘못이라고

　말해주지요.

그럼, 소신은 병든 자들이 하듯 제 유언을 하겠나이다.

세상을 알고, 천국을 보지만, 허나 비탄을 느끼고,

한때 그랬던 것처럼 지상의 즐거움을 붙들지 않는 그런 병자들

　말입니다.　50

그와 같이 소신은 폐하와 온갖 선량한 이들에게 행복한 평화를

유산으로 물려주나이다. 모든 군주들이 그래야하듯 말입니다.

제가 가진 부는 그것이 비롯되었던 대지에다 돌려주지만

[안티오커스 왕의 딸에게] 하지만 한 점 결함 없는 제 사랑의 불꽃은

당신께 드립니다.

55 그러하오니, 생사의 길에 대해 준비된 가운데,

소신은 가장 가혹한 일격도 각오되어 있나이다. 안티오커스 폐하.

안티오커스 충고도 조롱하니, 그렇다면 그 결말[7]을 읽어 보거라.

읽고서도 설명할 수 없다면, 이미 천명된 대로,

그대보다 앞선 이들이 그랬듯이, 그대 자신도 피 흘리게 되리라.

안티오커스 왕의 딸

60 시험에 임한 모든 이들 가운데, 그대는 성공하소서!

시험에 임한 모든 이들 가운데, 그대에게는 행복이 거하시길!

페리클레스 용감한 챔피언처럼, 그 시험장으로 나가겠사옵니다.

믿음과 용기 외에는 그 어떤 생각에게도

조언을 구하지 않겠나이다.

수수께끼를 읽는다.

65 나는 독사는 아니나, 하지만

나를 키워준 어미의 살을 먹고 사노라.

나는 남편을 찾고자 했으나, 그런 수고 가운데

아버지에게서 그런 친절을 찾았노라.

---

7. 수수께끼를 말한다.

그는 아버지이면서, 아들이고, 다정한 남편이라네.

나는 어미이고, 아내이나, 하지만 그의 자식이라네.   70

그들은 여럿일 수 있으나, 하지만 오로지 둘 뿐이니,

그대가 목숨을 구하고자 한다면, 이를 풀어야 하노라.

[방백] 마지막 구절은 가슴 후비는 약방문이로구나. 하지만, 오, 신

   들이시여,

하늘에서 수없이 많은 눈들이 인간의 행위를 지켜보게 하셔놓고,

왜 영원히 그 광경을 못 보게끔 가리지는 않으시는지요?   75

이게 사실이라면, 이를 읽는 것만으로도 창백해지게 만드는구나.

빛으로 이루어진 아름다운 유리 같은 분이시여, 그대를 사랑했고,

   여전히 사랑할 수도 있었지요.

      안티오커스 왕의 딸의 손을 잡는다.

이 찬란한 상자가 악을 담고 있지 않았다면 말입니다.

하지만 말씀드려야만 하겠군요. 이제 제 생각이 반발합니다.

그 속에 숨겨진 죄를 알면서도 그 문을 건드리는 자는   80

결코 완전함이 섬기는 자는 아니니까요.

그대는 아름다운 악기요, 그대의 감각은 그 현이지요.

합당한 음악을 연주할 사람이 손가락으로 연주했더라면,

천국을 이 땅에 가져다주고 온갖 신들이 들을 음악이었건만.

허나 그대의 시간이 되기도 전에 연주되고 말았군요.   85

그와 같이 거친 음에는 지옥만이 그 장단에 맞추어 춤출 뿐이겠

지요.

안녕히 계십시오. 나는 이제 그대에게 관심 없으니.

안티오커스 페리클레스 왕자여, 건드리지 말라. 그대의 목숨이 걸렸도다.

우리의 법으로는 나머지 다른 것들만큼이나 치명적인

90 품목이다. 그대의 주어진 시간이 만료 되었도다.

자, 이제 설명을 해 보라, 아니면 선고를 받거나.

페리클레스 위대하신 왕이시여,

자신들이 범하기 좋아하는 죄악에 관해 듣기 좋아하는 자들은 거
의 없나이다.

제가 이야기해버린다면, 폐하를 너무 가까이서 책망하는 것이 될
겁니다.

95 군주들이 행하는 온갖 일들을 기록한 책을 지닌 자는

보여주기보다는 덮고 있는 것이 더 안전한 법입니다.

악은 되풀이되면 떠돌아다니는 바람과 같은 법이니까요.

퍼져나가면서 다른 이들의 눈에도 먼지를 불러일으키지요.

하지만 이 모든 것의 끝은 비싼 대가를 치르기 마련입니다.

100 호흡은 사라져버리고, 쓰라린 눈들도 분명하게 보게 되지요.

공기를 막아버리면 그들을 다치게 한다는 걸 말입니다.

눈먼 두더지는 땅이 인간의 억압으로 가득함을 알리고자 하늘에
이를 때까지 땅을 파며 그걸로 산을 쌓지요.

그러다가 그 불쌍한 미물은 그로 말미암아 죽기 마련입니다.

왕들은 지상의 신들입니다. 악행에 있어서도 그들의 의지가 바로
법이지요.

설사 조브신이 잘못한다 한들, 누가 감히 조브신이 잘못이라고

하겠나이까? 105

폐하께서 아시는 것으로 충분합니다. 그리고 더 많이 알게 되어

악화되게 되는 일은 덮어두는 것이 적절합니다.

모든 이들이 자신이 비롯된 그 모태를 소중히 여깁니다.

그러니 제 혀 역시 제 머리를 소중히 여기도록 허락하겠나이다.

안티오커스 [방백] 맹세컨대, 네 머리를 거두어야 하겠다! 이 자가

그 의미를 알아냈구나. 110

하지만 그럴듯하게 둘러대야 하겠다. ─타이어의 젊은 왕자여,

우리의 엄격한 법의 엄격한 규정에 의하면

그대의 설명이 잘못 해석되었으니,

그대의 사는 날을 끝장내게 해야 마땅하나,

허나 바라건대, 그대같이 멋진, 그토록 아름다운 나무의 가지를 115

쳐내버릴 수가 없으니 달리 처분해야 하겠도다.

이에 40일 더 유예 기간을 줄 터이니

그 시간까지 이 비밀을 풀게 된다면

이렇게 자비를 베풀어 사위로 삼는 즐거움을 갖게 될 터이다.

그때까지는 우리의 명예와 그대의 가치에 합당하게 120

그대를 환대해줄 것이도다.

페리클레스를 제외하고 모두 퇴장

페리클레스 이 얼마나 예를 갖추면서 죄를 덮으려는 듯 보이는가,

실제로 자행한 것은 위선자와 같은데,

표면으로 드러나는 것만이 좋게 보이는구나!

125 내가 잘못 해석한 게 사실이라면야,

그렇다면 당신이 자신의 영혼에게 잘못할

그런 사악한 근친상간을 저지를 만큼 그렇게 악하지는 않겠지.

이제 당신이 아버지이면서 아들인 곳에서,

당신 자식과 부적절하게 합해졌으니,

130 그런 쾌락은 남편에게나 어울리지 아버지에게 적합한 것은 아니지

그리고 공주는 제 부모의 침실을 더럽히면서

어머니의 살을 먹어치우는 존재로구나.

두 사람 모두 독사마냥 가장 달콤한 꽃을 먹고 살고 있으나,

하지만 독을 키워내고 있구나.

135 안티옥이여, 잘 있거라! 지혜로운 자들은 보기 마련인 법이다.

밤보다도 더 음침한 짓들을 행하고도 얼굴도 붉히지 않는 자들은

빛을 차단하기 위해서는 어떤 과정도 피하지 않으리라는 걸.

내가 알기로는, 한 가지 죄는 또 다른 죄를 유발하는 법.

살인은 불꽃이 연기와 가까운 만큼이나 욕정에 가까운 법이지.

140 독약과 배신은 죄의 양손과도 같은 도구이자,

아, 그 수치를 피하기 위한 방패막이기도 한 법.

그렇다면, 당신들이 발각되는 것을 모면시켜 주려고 내가 당할

   수는 없으니,

여기서 달아나 나는 내가 두려워하는 그 위험을 피해야겠구나.

퇴장한다.

안티오커스 왕 다시 등장

안티오커스 그자가 그 뜻을 알아냈으니,

그의 머리를 베어버려야 하겠다.   145

그자가 살아남아서 나의 오명을 동네방네 나팔 불고 다니게 그냥

뒤서는 안 될 것이며,

또한 세상 사람들에게 안티오커스가 그와 같이 역겨운 방식으로

죄지었다는 것을 발설하게 내버려 뒤서는 안 될 터.

그러니, 즉각, 이 왕자는 죽어야만 한다.

그가 쓰러져야 내 명예가 지켜질 수 있을 테니 말이다.   150

거기 아무도 없느냐?

탈리아드 등장

탈리아드 폐하, 부르셨사옵니까?

안티오커스 탈리아드, 그대는 짐이 신임하는 신하니라,

그러니 내 개인적인 신상에 관한 일이니

비밀로 지켜주게나. 충성을 다해주면   155

승진시켜주겠다.

탈리아드, 자 보거라, 여기 독약이 있고, 여기 금이 있다.

나는 타이어의 왕자가 싫으니, 자네가 그자를 죽여줘야만 하겠다.

왜인지 그 이유는 묻지 말고.

시키는 대로 하거라. 말해 보거라, 할 수 있겠느냐?   160

탈리아드 네, 폐하. 분부대로 하겠나이다.

안티오커스 그럼 됐다.

전령이 들어온다.

숨을 가다듬고, 서둘러 말해 보거라.

전령 폐하, 페리클레스 왕자가 도주하였나이다.

퇴장한다.

165 **안티오커스** 살고 싶다면, 뒤쫓아 가거라.

경험 많은 노련한 궁수가 쏜 활이

그의 눈이 겨냥한 과녁을 맞추듯이 말이다.

"페리클레스 왕자는 죽었나이다"라는 소식을 들고 오지 않는 한은

절대 돌아오지 말거라.

170 **탈리아드** 폐하, 제 총의 사정권내에 그자를 붙들 수만 있다면

틀림없이 놓치지 않겠나이다. 그럼, 폐하 안녕히 계시옵소서.

안티오커스 탈리아드, 잘 가거라!

탈리아드 퇴장

페리클레스가 죽을 때까지는,

내 마음은 결코 편치 못할 것이니라.

퇴장한다.

2장

타이어. 궁의 어느 방.

페리클레스 등장

페리클레스 [밖에 있는 귀족들에게] 아무도 방해하지 않게 하라.— 왜
이런 생각의 변화가,
흐리멍덩한 눈의 우울증이라는 그 슬픈 친구가
그토록 익숙한 손님이 되어버려, 대낮의 빛 가운데 거닐 때나,
슬픔도 잠들어야만 하는 무덤인 평화로운 밤에도   5
한 시간조차도 나를 평화롭게 해줄 수 없단 말인가?
이곳에서는 쾌락이 구애를 해도, 내 눈은 그저 피하기만 하니,
게다가 내가 두려워하는 위험은 안티옥에 있고,
그 겨냥하는 활시위도 너무도 짧아 이곳에 있는 나를 맞추지도
  못해 보이는데 말이다.
하지만 쾌락의 기술도 내 기분을 즐겁게 해줄 수 없고,   10
다른 편의 먼 거리도 내게는 전혀 위안이 되지도 않는구나.
그렇다면 이렇겠구나. 마음의 열정이
불안에 의해 최초로 잉태되었다가,
걱정 근심에 의해 자양분을 받고 생명도 얻게 되는 법.
처음에는 단지 일어날지 모를 일에 대한 두려움이던 것이   15

이제 점점 더 자라나 그 일이 일어나서는 안 된다며 걱정하는구나.

내 경우도 그렇다. 안티오커스 대왕,

그에게 대항하기에는 나는 너무도 보잘 것 없는데,

그자는 너무도 막강하여 자신이 뜻하는 바를 행동으로 옮길 수 있고,

내가 침묵하겠노라고 맹세한들, 발설하리라 생각할 것이다.

또한 그를 존경한다고 말한들 아무런 소용도 없을 것이다.

행여나 내가 불명예를 가져다줄지 모른다고 그가 의심한다면

게다가 알려지게 되면 낯 뜨겁게 만들 일이니,

그 일이 발각될 수 있을 그 과정을 아예 차단해버리려 들 것이다.

적개심에 가득 찬 군대들을 이끌고 그자는 이 땅을 뒤덮을 테고,

전운을 과시하여 너무도 막강해 보여,

놀란 나머지 이 나라 사람들에게서 용기를 몰아내버릴 테지.

우리 군인들은 저항해보기도 전에 정복당할 테고,

백성들은 죄지을 생각도 못해봤는데 처벌받게 될 테지.

내 자신에 대한 연민이 아니라, 백성들에 대한 걱정이 크도다.

나야 나무들 가운데 그 꼭대기에 불과하고,

백성들이 자라나는 그 뿌리를 지키고 그들을 지켜내자니

내 육신은 시들어가고 영혼은 번민케 되어,

그리하여 그자가 벌을 주기도 전에 벌을 받는구나.

헬리카너스가 다른 귀족들과 함께 들어온다.

귀족 1 전하의 성심에 기쁨과 평안이 거하소서!

귀족 2 또한 전하의 마음이 평화롭고 평안하소서!

헬리카너스 자, 자, 경험 많은 소신이 말씀드리게 해주시지오.

왕께 아첨하는 자들은 왕께 크나큰 잘못을 범하는 것입니다.

아첨이란 풀무처럼 죄악을 부풀어 오르게 만드니까요.

아첨 받는 그 대상은 단지 불꽃에 불과하지만,   40

아첨의 바람이 열을 가하여 더욱 강해져 활활 타게 되는 법이지요.

반면, 책망은 순종적이고 적절하다면, 왕들에게 적합한 것입니다.

왕들도 인간이기에 실수할 수 있으니까요.

아첨꾼이 여기서 평화를 선언할 때엔,

전하께 아첨하고는, 전하의 목숨을 두고 전쟁을 일으킵니다.   45

전하, 부디 용서하시고, 원하신다면 소신을 치셔도 좋습니다.

제 무릎을 꿇는 것보다 더 몸을 낮출 수는 없는 형편이로군요.

[무릎 꿇는다]

페리클레스 우리만 남겨두고 모두 물러가시오. 하지만 항구에서

어떤 것을 선적하고 어떤 물건들이 들어오는지 잘 살펴봐 주시오.

그런 다음 다시 돌아와 주시오.   50

귀족들 퇴장

헬리카너스 경, 경은 나를 화나게 만들었소. 내 표정에서 뭐가 보
이시오?

헬리카너스 진노하신 얼굴이십니다, 전하.

페리클레스 군주의 찌푸린 얼굴에는 그와 같은 표창이 있거늘,

어찌 감히 그대의 혀로 내 얼굴에 노기를 일으켰단 말이오?

헬리카너스 어찌 감히 식물들이 하늘을 올려다보겠나이까,   55

그리로부터 자신들의 자양분이 나오는데 말입니다.

페리클레스 경의 목숨을 앗아갈 수 있는 권력을 지닌 걸 알고 있겠지.

헬리카너스 소신이 그 도끼를 이미 갈아두었사오니,

전하께서는 내려치기만 하십시오.

60 **페리클레스** 일어나시오, 일어나시구려. 자 앉으시오. 경은 아첨꾼이 아니오.

그 점에 대해 경에게 감사하오. 하늘이시여, 군왕들이

자신의 결함을 감추는 감언에 솔깃 하는 걸 막아주소서!

군주에게는 적합한 조언자이자 하인이구려,

그 지혜로 군주를 자신의 하인으로 만드는 자니 말이오.

65 내가 어찌 처신했으면 좋겠소?

헬리카너스 본인이 스스로에게 부과한 그와 같은 슬픔은

인내심을 가지고 견디는 도리밖에는 없나이다.

페리클레스 헬리카너스 경, 마치 의사처럼 말하는구려.

자신은 받을까봐 두려워하는 그런 약을

70 내게는 주는 그런 의사 말이오.

그렇다면, 잘 들어보시오. 안티옥에 갔었는데,

거기서 경도 알다시피, 나는 죽음을 무릅쓰고라도

눈부시도록 빛나는 미인을 얻고자 했소.

그 여인에게서 군주들에게는 무기요

75 백성들에게는 기쁨을 안겨다줄 내 자손을 얻고자 함이었소.

그녀의 얼굴은 내 눈에는 온갖 경이로움을 뛰어넘는 것이었소.

그것 말고는—경의 귀로 똑똑히 들으시오—근친상간만큼이나

음침하였소.

내 지식으로 알게 된 바로는, 죄지은 아비는

치려하지 않고 덮으려 했소. 하지만, 경도 알다시피,

폭군들이 입 맞추는 듯 보일 때야말로 두려워해야하는 시기인 법.   80

그와 같은 두려움이 내 속에서 너무도 커져 나갔기에,

나의 보호자처럼 보였던 조심스러운 밤을 가리개 삼아서

이리로 도망쳐왔소. 그리고, 이곳에 와서 보니,

지나간 일과, 앞으로 일어나게 될 일에 대한 생각뿐이오.

그자가 폭군이라는 걸 나는 알았소. 폭군들의 공포는   85

줄어들지 않고, 오히려 세월보다도 더 빨리 커가는 법이오.

만약에 그자가 의심한다면, 분명 그럴 테지만,

내가 사람들의 귀에다 대고 발설할까봐 말이오.

그의 음침한 침대가 비밀이 덮어지고 묻힌 채 남아 있기 위해

얼마나 많은 귀한 왕자들의 피가 흘려졌는지를 말이오.   90

그러한 의심을 도려내기 위해, 그는 이 땅을 군대로 가득 채울 것이고

내가 그에게 행한 잘못을 억지로라도 만들어 낼 거요.

그때엔, 내 잘못으로 인해, 내가 잘못이라고 부른다면 말이오,

죄 없는 자도 예외로 두지 않는, 그 전쟁의 고통을 모두가 당해야

   만 하오.

그 모두에 대한 사랑으로. 방금 그 일로 나를 책망했던,   95

경도 그 가운데 하나이오만—

헬리카너스 아, 저런, 전하!

페리클레스 내 눈에서는 잠을, 두 뺨에서는 혈색을 앗아가 버렸소.

이 폭풍우가 몰아치기 전에 어떻게 막을 수 있을지

　　　내 마음 속에 고민만을 심어놓으면서 수천 번 의심하며 말이오.

　　　백성들을 구해낼 위안이 될 만한 것을 발견도 못한 채

　　　나는 백성들을 위해 슬퍼해주는 것이 군주다운 자비라고 여겼소.

헬리카너스　자, 전하, 소신이 이야기하도록 허락하셨으니,

　　　편하게 말씀 올리겠나이다. 전하께서는 안티오커스 왕을 두려워
　　　　하시고,

　　　소신의 생각으로는, 당연하다고 여겨지는 바, 그 폭군을 두려워
　　　　하십니다.

　　　그가 공공연한 전쟁으로건 개인적인 반역으로건

　　　전하의 목숨을 앗아갈 거라고 말입니다.

　　　하오니, 전하, 당분간은 여행을 떠나시지요.

　　　그의 분노와 격분이 잊혀지게 될 때까지 말입니다.

　　　혹은 운명이 그의 생명줄을 잘라놓을 때까지 말입니다.

　　　정사는 누구에게든 맡겨 놓으십시오. 소신에게라도 맡기신다면,

　　　밝은 대낮보다 더 충실하게 그 소임을 다하겠나이다.

페리클레스　경의 충성은 의심하지 않소.

　　　하지만 내가 부재하는 동안 나를 권좌에서 끌어내리려 하면 어찌하오?

헬리카너스　저희는 땅에 피를 함께 섞을 것입니다.

　　　저희가 비롯되고 태어난 그 땅에다 말입니다.

페리클레스　타이어여, 그렇다면 이제 네게서 떠나, 타르서스로

　　　내 여행길에 오르겠다. 그곳에서 경으로부터 소식을 듣도록 하지.

　　　경의 편지에 따라 어찌할지 처신을 정하리다.

　　　백성들의 이익을 위해 품어왔던 근심은

경에게 맡기겠소. 경의 강건한 지혜가 잘 감당할 것이오.

충성에 대한 경의 말을 믿으니, 맹세는 청하지 않겠소.

하나를 깨뜨리길 피하지 않는 자는 분명 양쪽 모두 깨기 마련인 법

허나 우리 각자의 궤도에서 열심히 안전하게 살아갑시다.

양쪽의 시간이 다 되었을 때 이런 진실을 말하도록 말이오,   125

경은 신하의 귀감을 보여주었고, 나는 진정한 왕자의 귀감이었노

    라고.

모두 퇴장한다.

3장

궁전의 대기실

탈리어드 등장

탈리어드 자, 여기가 타이어로군. 그리고 이곳이 왕궁이고. 여기서 나는 페리클레스 왕을 죽여야만 한다. 그렇지 못하면, 고국에서 분명 교수형당할 것이야. 위험천만이로구나. 뭐, 무엇을 해주기를 바라는지 왕에게 청해보라고 했을 때 왕의 비밀을 어느 하나도 알고 싶지 않다고 했다던데, 그자는 현명한 작자에다, 훌륭한 분별력도 가졌었다는 걸 알겠구나. 이제야 그 자가 그렇게 한 이유를 좀 알 것 같구나. 왕이 악당이 되라고 시킨다면 군신의 서약에 따라 그렇게 될 수밖에 없으니까! 가만! 타이어의 귀족들이 오는군.

헬리카너스와 에스카네스가 타이어의 다른 귀족들과 함께 등장한다.

헬리카너스 타이어의 동료 귀족들이여, 경들은
전하께서 떠나신 일로 더 이상 제게 물어보실 필요가 없소이다.
제게 믿고 맡겨놓으신, 옥쇄로 봉하신 전하의 위임장으로
전하께서 여행길에 오르셨다는 것을 충분히 말해주니까요.
탈리어드 [방백] 뭐! 왕이 떠나다니!
헬리카너스 경들께 동의를 구하지 않은 채 벌어진 일인지라,

왜 전하께서 떠나셨는지에 관해 충분히 만족스럽지는 않으시겠
지만,

소신이 좀 알려드리겠소이다.

안티옥에 계실 때 —

탈리어드 [방백] 무어라, 안티옥에서?

헬리카너스 안티오커스 왕께서 — 무슨 연유인지는 소신도 모르겠으나 —
전하께 불쾌해하셨답니다. 적어도 전하께서는 그렇게 판단하셨다
합니다.

전하께서 잘못했거나 죄 지으신 게 있는지 의심하시다가

슬픔을 표하기 위해, 스스로를 벌하시기로 하셨습니다.

그래서 수부의 노고에 자신을 맡기시고,

수부들과 함께 시시각각 생과 사를 위협받고 계시답니다.

탈리어드 [방백] 그렇다면, 이제 난 교수형은 면하겠구나, 그러기를 바라
지만.

하지만 그자가 떠나가 버렸으니, 폐하께 전해서 흡족께 해드려야지.

그자가 육지를 피해가 바다에서 죽게 될 것이라고 말이야.

이제 내 모습을 드러내야겠구나. 타이어의 귀족들께 평화가 거하시길!

헬리카너스 안티오커스 왕께서 보내신 탈리어드 경 환영합니다.

탈리어드 그분께서 보내셔서 소신이

페리클레스 전하께 전해드릴 전갈을 가지고 왔습니다.

하지만 도착한 이후에야 알게 되었습니다.

전하께서 미지의 여행길에 오르셨다는 것을 말입니다.

제 전갈은 원래 왔던 대로 다시 되돌아가야만 할 것 같습니다.

헬리카너스 저희가 아니라, 저희 주인이신 분께 보내신 거라면
저희야 보고 싶어 할 이유가 없습니다.

다만, 안티옥의 친구로서, 소신들의 바램은, 경께서 떠나시기 전에,

타이어에서 저희가 잔치를 베풀어드릴 수 있었으면 합니다.

모두 퇴장한다.

4장

타르서스. 총독 저택의 어느 방

타르서스의 총독인 클레온이 다이오나이자와 다른 사람들과 함께 등장

클레온 다이오나이자, 여기서 좀 쉬면서

다른 이들의 슬픔에 관해 이야기를 나누면

우리 자신의 슬픔을 잊는 법을 가르쳐줄지 보겠소?

다이오나이자 불을 끄려고 하다가 불을 지피는 꼴이 될 거에요.

더 높이 위로 올라가기 원하며 언덕을 파는 자들은 5

산 하나를 파내서 더 높은 산을 쌓게 되는 법이지요.

오, 슬픔에 빠진 당신, 우리의 슬픔도 그와 마찬가지에요.

이곳에서는 그저 느껴질 뿐이지만, 불행의 눈으로 보게 된다면,

작은 숲에 가지치기를 해주면 그러하듯, 더 높이 올라가는 법이지요.

클레온 오, 다이오나이자. 10

음식을 원하면서도 원한다고 말하지 않을 자가 어디 있겠으며,

누가 굶어죽을 때까지 그의 배고픔을 감출 수나 있겠소?

우리의 혀와 슬픔은 우리의 비탄을 하늘에다 깊이

소리 내는 법이오. 우리 눈은 눈물 흘린다오.

혀가 더욱 큰 소리로 선포할 수 있도록 숨을 뿜어낼 때까지 말이오 15

그 피조물들이 원하는 데도 하늘이 잠들어 있다면,

그들을 도와 위안을 주도록 깨울 수 있기 위한 것이라오.

그러니 지난 몇 년간 겪은 우리의 비탄을 말해 볼 테니,

말할 숨이 모자라거든 눈물로 나를 도와주시오.

20 **다이오나이자** 최선을 다해볼게요.

클레온 내가 통치하고 있는 이 타르서스는

부유함이 길거리에서조차도 널려 있던

풍요로 양손 가득했던 도시였소.

성탑은 머리를 드높이 치켜들어 구름에 맞닿을 정도였고,

25 이방인들은 경탄하지 않고는 바라볼 수도 없을 정도였소.

사내들과 아낙들이 서로가 바라보고 가꾸는 서로의 거울마냥

뽐내며 차려입고 다녔었소.

식탁은 풍성하게 채워져, 그 광경을 보는 것만으로도 즐거웠고

먹기보다는 보는 즐거움을 위한 것이었소.

30 온갖 궁핍함은 우습게 여겨졌고, 자부심이 너무도 커서,

도움이라는 이름은 입에 담기조차 끔찍한 것이었소.

다이오나이자 오, 정말 그랬지요.

클레온 하지만 하늘이 무슨 짓을 할 수 있는지 좀 보시오! 우리에게 닥친
이 변화로 말이오.

최근만 해도 땅과 바다와 하늘이,

35 그 피조물들에게 풍요롭게 내주었지만,

만족시키고 즐겁게 해주기에는 너무 조금 준다고 여겼던 이 입들이,

마치 가옥들이 사용하지 않으면 더럽게 폐가가 되듯이,

이제는 움직이지 않아 운동 부족으로 굶주리고 있소.

두 번의 여름 전만 하더라도, 미각을 즐겁게 하기 위해서는

새로운 음식들이 있어야 했던 그 입천장들이 40

이제는 빵 한 조각에도 기뻐하고, 그걸 구걸하고 있소.

아기들에게 코를 비벼대며 어떤 것도 아깝게 여기지 않던

그 어미들도 이제는 자신들이 사랑했던 그 사랑스러운

조그만 아이들을 먹어 치우기라도 할 참이오.

굶주림의 이빨은 너무도 날카로워, 이제 남편과 아내가 45

목숨을 연장하기 위해 둘 중 누가 먼저 죽어야할지 제비를 뽑는다오.

이쪽에 한 사내가 서있고, 저쪽에는 여인 하나가 흐느끼고 있소.

이곳에 많은 이들이 쓰러져 있으나, 쓰러 넘어지는 걸 본 자들은

그 사람들을 매장시켜줄 만큼 남아 있는 기력도 거의 없다오.

내 말이 틀렸소? 50

다이오나이자 우리 두 뺨과 푹 들어간 눈이 그 광경을 직접 목격했지요.

클레온 오, 풍요의 잔을 기울이며 풍요의 여신의 번창을

넘쳐나도록 떠들어 대며 그토록 풍성하게

맛보고 있는 도시들이여, 이 눈물에 귀 기울이거라!

타르서스의 이 불행이 본인의 것일 수 있음을. 55

귀족 한 명이 들어온다.

귀족 총독님은 어디 계신지요?

클레온 여기 있도다.

그대가 급히 들고 온 그 슬픔에 관해 말해 보시오.

우리로서는 위안이 될 일이란 너무도 멀리 있어 기대도 하지 않으니.

60 **귀족** 위풍당당한 배들이 이쪽으로 오고 있는 것을

인근 해안가에서 발견하게 되었습니다.

클레온 그 정도는 예상했었소.

슬픔은 결코 혼자 오지 않고 뒤따르는 자를 데리고 와서,

그의 상속자로 그 뒤를 계승하는 법.

65 우리의 경우도 마찬가지오. 어느 인근 국가들이

우리의 불행을 이용하여

이런 빈 배들을 군대로 꽉꽉 채워 싣고,

우리를 쓰러뜨리려들지, 이미 우리는 쓰러져있는데도 말이오.

그리고 어떤 영광도 얻지 못할 텐데도

70 불행한 이 나를 정복하려 들거든.

귀족 그건 두려워하실 필요 없으십니다. 왜냐하면,

백기를 내건 것으로 미루어 보건데, 평화를 원하고,

적군으로서가 아니라, 조력자로 오고 있는 것 같으니까요.

클레온 보고하는 법을 못 배운 자처럼 말하는구려.

가장 아름다운 외양을 두르고 있는 것이 가장 큰 속임수를 품고

75 있는 법이오.

하지만 그자들이 원하는 것과 할 수 있는 것을 하라 그러시오.

두려워할 필요가 뭐가 있겠소?

땅바닥이 가장 낮은 곳일 테고, 이미 절반쯤은 그곳에 있는데.

가서 그쪽 지휘관에게 말하시오. 이곳에서 기다리고 있다고,

80 그리고 왜 왔으며 어디서 왔고 무엇을 원하는지 알고 싶다고.

귀족 네, 분부대로 하겠습니다.

퇴장한다.

클레온 평화는 물론 대환영이지. 평화를 원한다면야.

　　　　전쟁이라면, 저항 할 수도 없구나.

페리클레스가 귀족들과 등장

페리클레스 이곳 총독이시지요, 그렇다고 들었소.

　　　　우리 쪽 배들과 부하들의 숫자로 인해　　　　　　　　　85

　　　　발사하는 봉화마냥 두 눈을 놀라게 만들지 마시기 바라오.

　　　　멀리 타이어에서 여러분들의 불행에 대해 들었고,

　　　　길거리들이 황폐한 걸 보았소.

　　　　우리는 여러분들의 눈물에 슬픔을 더하고자 온 게 아니라,

　　　　그 무거운 짐을 덜어주고자 왔소.　　　　　　　　　　90

　　　　이 우리 배들은, 어쩌면 그 속에 전복을 도모하는 혈기왕성한

　　　　자들로 채워진 트로이 목마와 흡사하리라고 생각할 수도 있겠으나,

　　　　댁들이 필요로 하는 빵을 만들어주고,

　　　　굶주림으로 반쯤 굶어 죽은 자들에게

　　　　생명을 줄 옥수수를 싣고 있소.　　　　　　　　　　　95

타르서스 사람들 [무릎 꿇으며] 그리스의 모든 신들께서 보호해주시기를!

　　　　전하를 위해 기도드리겠나이다.

페리클레스 일어들 나시오, 부탁이니, 일어나시오.

　　　　우리는 존경을 구하는 것이 아니라 사랑을 구하오.

　　　　그리고 이 몸과 배와 부하들을 위해 정박하게 해주시오.　　　100

클레온 어느 누구건 그 청을 들어주지 않거나

배은망덕한 생각으로 갚는다면,

아내건, 자식이건, 혹은 이 몸 자신이건 간에

하늘과 인간들의 저주가 그들의 악행을 뒤따를 겁니다!

그때까지 ─ 결코 그런 날이 오지 않기를 바라지만 ─

전하께서는 우리 백성과 저의 환영을 받으실 겁니다.

페리클레스 그 환영을 받아드리겠소. 얼마간 이곳에 머물지요.

찌푸린 우리 운명이 우리에게 웃어 보일 때까지요.

모두 **퇴장한다.**

2막

가우어가 등장한다.

가우어 여러분께서는 자기 자식을, 분명

근친상간으로 몰아갔던 막강한 왕을 보셨습니다.

그리고 언행에 있어 모두 경탄할만하다고 입증될

좀 더 훌륭한 왕자이자 자비로운 군주를 보셨습니다.

5 그렇다면, 묵묵히 지켜봐주십시오. 인간이라면 그러해야하듯,

그가 극도의 고난을 다 겪어낼 때까지 말입니다.

고난에 처한 통치자들이 티끌만큼 작은 것을 잃고,

산처럼 큰 것을 얻는 것을 여러분들께 보여드리겠나이다.

언행에 있어 훌륭한 자는,

10 제가 그에게 축복을 내리는 바,

여전히 타르서스에 머물고 있으며, 그곳에서는 모든 이들이

그가 하는 말을 기록된 거룩한 말씀으로 여기고 있지요.

그리고 그가 행한 일을 기억하기 위해,

동상을 세워 그의 행적을 기리고자 합니다.

15 하지만 조류가 반대로 흘러

흉보가 눈앞에 펼쳐집니다. 더 말씀드릴 필요가 뭐 있겠습니까?

무언극

한쪽 문으로 페리클레스가 클레온과 이야기를 나누며 등장한다.
모든 시종들이 그들을 수행하고 있다. 다른 문으로는 한 신사가

페리클레스에게 줄 편지를 들고 등장한다. 페리클레스는 클레온에게 편지를 보여주고, 전령에게 보상을 해주고, 기사 작위를 수여해준다. 한쪽 문으로 페리클레스가 퇴장하고 다른 쪽 문으로 클레온이 퇴장한다.

선량한 헬리카너스는 본국에 머물며,

수벌마냥 타인들의 노고로부터

꿀을 얻어먹지 않았습니다.

그는 악인은 죽이고자 하지만, 선인은 살려두고자 하니까요.　　20

그리고 자신이 섬기는 군주의 바램을 충족시켜주고자

타이어에서 벌어지는 온갖 일들을 적어 보냈습니다.

어떻게 탈리아드가 죄를 지을 작정으로 왔으며

그를 살해할 의도를 지녔던지,

그리고 휴식을 위해 타르서스에 더 오래 머무는 것이　　25

그로서는 최선이 아니라는 것을 적어놓았지요.

왕자는 충고에 따라 바다로 향해 갔습니다.

사람이 있을 때엔 거의 잠잠하지 않은 그 곳으로 말입니다.

이제 바람이 불기 시작하고

하늘 위에서는 천둥이 치고 아래는 파도가 심히 요동친 나머지　　30

그를 안전하게 태우고 있어야만 할 배는

난파되어 박살이 나버렸습니다.

이제, 이 선한 왕자는, 모든 것을 다 잃은 채,

파도에 몸을 내맡기고 이 해안 저 해안으로 떠밀려 다닙니다.

사람들도, 짐짝들도 전부 사라져버린 가운데

혈혈단신 겨우 몸만 피해 나왔지요.

운명도 이제 악행에 지친 나머지

행복을 주고자 그를 해안가로 내던져버렸습니다.

이제 여기 그가 옵니다. 다음에는 무슨 일이 벌어질지,

이제 연로한 이 가우어는 물러가오니, 작품을 잘 지켜봐 주시기

　바랍니다.

퇴장한다.

1장

펜타폴리스. 바닷가의 공터

페리클레스가 물에 젖은 채 등장

페리클레스 격분한 하늘의 별들이여, 이제 그만 그 분노를 거두어라!
바람이여, 비여, 그리고 천둥이여, 기억하라, 이 지상의 인간은
그대들에게 굴복할 수밖에 없는 존재임을.
그리고 이 나는, 내 본성에 부합되게, 그대들에게 순종하는도다.
아, 바다가 나를 암초들 위로 내던져버리더니,   5
이 해안가에서 저 해안가로 떠밀며 나를 씻겨주고는
다가올 죽음 외에는 아무 생각도 못할 만큼만 숨이 붙어있게 두
    었구나.
네 힘의 막강함은 이 정도로 충분하다고 만족하거라.
군주에게서 그가 가진 전부를 앗아가 버렸으니 말이다.
그리고 물로 가득한 네 무덤에서 그를 내던져   10
이곳에서 평화롭게 죽는 것만이 그가 소망할 수 있는 전부이니.

세 명의 어부가 등장

어부 1 어이, 이봐, 가죽옷!
어부 2 야, 와서 그물 좀 치워!

어부 1 뭐야, 다 떨어진 누더기바지야, 안 들려!

15 **어부 3** 뭐라고요, 대장?

어부 1 이봐. 지금 얼마나 꾸물대는지 좀 봐! 어서 해, 아니면 잡아끌고 와 두들겨 패줄 테니.

어부 3 알았수다, 대장. 지금도 우리 눈앞에서 휩쓸려가던 그 불쌍한 사람들 생각이 나서요.

20 **어부 1** 아, 불쌍한 사람들, 도와 달라며 너무도 애처롭게 고함 질러대는 소리를 들으면서 어찌나 마음이 아팠던지. 그때에는, 뭐, 우리도 어찌할 수 없는 처지였으니까.

어부 3 아니, 대장. 내가 말했잖수. 돌고래를 보았을 때 그놈이 어떻게 튀어 오르고 뒹굴었는지? 사람들 말로는 그놈들은 반은 물고기에 25 반은 짐승이라는데. 염병할 놈들. 그놈들만 나타나면 꼭 물에 빠질 게 예상되거든. 대장, 물고기들이 바다에서 어떻게 사는지 놀랍기만 하구먼요.

어부 1 뭐, 인간들이 땅에서 하듯이 하겠지. 큰놈들이 작은 놈들을 먹어치우면서 말일세. 돈 많은 구두쇠 놈들을 고래에 비유하는 것만큼 적 30 절한 건 없지. 놀다가 뒹굴다가 하면서, 가난한 사람들을 제 앞에 다 몰아놓고 들들 볶아대다가, 그리고는 결국엔 한입에 사그리 먹어치워 버리거든. 그런 고래같은 놈들은 땅에서 들어본 적 있는데, 그놈들은 지들이 교구 전체를, 교회랑, 뾰족탑에 종까지 홀라당 다 삼켜버릴 때까지는 절대로 크게 입을 벌려 하품도 안 한다잖나.

35 **페리클레스** [방백] 꽤 일리 있는 비유로구나.

어부 3 하지만, 대장, 내가 교회관리인이라면, 그날 종각에 있었을 것이구먼.

어부 2 그건 왜, 이 사람아?

어부 3 그야 그놈이 나도 삼켜버렸어야 했으니 말이지. 그러면 그놈
배 속에 있으면서, 종을 계속 엄청 시끄럽게 쳐댔을 텐데.   40
종이고, 뾰족탑이고, 교회고 그리고 교구 전부를 깡그리 다 토해
낼 때까지 하나도 남아 있지도 않게 말이지. 하지만 선하신 우리
시모니데스 왕께서 이 몸과 같은 생각이시라면 ―

페리클레스 [방백] 시모니데스 왕이라!

어부 3 꿀벌에게서 꿀을 훔쳐가는 그 수벌 같은 놈들을 땅에서   45
깡그리 몰아내버릴 텐데.

페리클레스 [방백] 지느러미가 있는 바다 생물들을 가지고
이 어부들은 인간의 약점들을 얼마나 잘 말해주는가.
게다가 인간들이 인정하고 간파할 수 있는 그 온갖 것들을
자신들이 작업하는 바다라는 왕국에서 전부 끌어 모으다니!   50
정직한 어부들이여, 여러분의 노고에 평화가 있기를.

어부 2 정직이라! 이보시오, 그게 무슨 소리요? 댁한테 적당한 날이 있다
면, 어디 한번 달력을 몽땅 뒤져보구려. 그러면 아무도 그딴 건
찾지 못할 테니.

페리클레스 보면 아시겠지만 바다에 떠밀려 댁들의 바닷가에 왔소이다.   55

어부 2 댁을 우리가 있는 곳에다 내던지다니 바다라는 놈이 술이라도 취
했었나보구먼!

페리클레스 풍랑이 그 넓디넓은 테니스코트에서
공삼아 가지고 놀던 자가 댁들에게
불쌍히 여겨달라고 간청드리오. 댁들에게 간청하는 이 몸은,   60

결코 구걸하는데 익숙지 못했던 자요.

어부 1 뭐, 이보시게, 구걸을 할 수 없다고? 이 나라 그리스에서는 일을 해서 할 수 있는 것보다 구걸해서 더 많은 것을 얻는다고들 하는데.

65 **어부 2** 그럼, 물고기는 잡을 수 있나?

페리클레스 한 번도 실제로 해보지는 못했소.

어부 2 아니, 그렇다면, 분명, 굶어죽겠구먼. 이곳에는 요즘에는 잡히는 게 없으니. 미끼를 걸고 낚시 할 수 없다면야.

페리클레스 이전 시절의 이 몸은 다 잊었소만

70 하지만 지금의 나는, 내 처지 때문인지 생각하게 되는구려.
추위로 벌벌 떨고 있는 사람이지요. 내 혈관도 싸늘하고,
댁들에게 도움을 청하려고 내 혀에게
열을 내게 하는 정도 그 이상은 기력도 없다오.
만약 거절한다면, 내가 죽거든,

75 나도 인간이니, 부디 묻어나 주시오.

어부 1 뭐요, 죽는다고 그랬나? 신들이시여 막으소서! 자, 여기 가운이 있네. 자, 어디 걸쳐보게나. 몸을 좀 따뜻하게 데워보시게. 자, 앞장서게, 인물이 훤칠하게 생긴 양반! 어서, 우리 집에 가세나. 아마도 축제날에 먹을 고기하고 금식일 날 먹을 생선에다

80 가 또 소시지에 팬케이크도 좀 남아 있을 거네. 댁을 환영할 터이니.

페리클레스 고맙소.

어부 2 이봐, 친구, 구걸할 수 없다고 했던 것 같은데.

페리클레스 난 청을 했을 뿐이오.

어부 2 청을 했을 뿐이라니! 그렇다면 나도 어디 청원자나 되봐야겠구만. 85
그래서 매 맞는 걸 어디 한번 피해봐야겠군.

페리클레스 아니, 구걸하는 사람들은 전부 매를 맞게 되는 거요?

어부 2 아, 전부는 아니네, 이보게, 전부는 아니야. 거지가 전부 매를 맞
아야 한다면, 난 정말 순경[8]이 되는 것보다 더 좋은 직업을 바라
지도 않을 걸세. 하지만, 대장, 가서 그물을 걷어 올리겠수다. 90

어부 3과 함께 퇴장한다.

페리클레스 [방백] 이런 정직한 즐거움이 그들의 일과 얼마나 잘 어울리는가!

어부 1 이보시게, 여기가 어딘지 아시나?

페리클레스 잘 모르겠소만.

어부 1 자, 말해주지. 펜타폴리스라고 불리는 곳일세.
그리고 우리 왕은 선왕 시모니데스 왕이시고. 95

페리클레스 선왕 시모니데스 왕이라, 그렇게들 부르시오?

어부 1 자, 그렇다네. 그렇게 불리실 만하시지. 화평하게 잘 다스리고 잘
통치하시고 계시니.

페리클레스 행복한 왕이시로군요. 자신이 하는 통치로 자기 백성들로부
터 선왕이라는 이름을 얻으시다니 말이오. 그분의 궁은 이 바닷 100
가에서 얼마나 떨어져 있나요?

어부 1 글쎄, 뭐, 반나절 정도 가면 될 걸. 그리고 내가 일러줌세. 그 분

---

8. 당시 순경의 임무에 유랑자들을 회초리로 때리는 일도 포함되었다 한다.

께는 아름다운 따님이 계신데, 내일이 그 공주님 생신이라네. 그
래서 온 세상 각지에서 왕자들과 기사들이 와 있지. 공주님의 사
랑을 얻기 위해 마상 시합에 참가하려고 말일세.

페리클레스 내 처지가 바라는 대로이기만 하다면야, 이 몸도 그 가운데
하나로 거기 있으련만.

어부 1 오, 이보게, 일이란 순리대로 되는 법일세. 얻을 수 없는 것을 원
하다가는 마누라의 영혼하고도 바꾸려들걸.

어부 2와 어부 3이 그물을 끌어당기면서 다시 등장한다.

어부 2 도와주구려, 대장, 도와줘! 물고기가 그물에 걸렸수다.
법망에 걸려 있는 가난뱅이의 권리 같구면.[9] 거의 빠져 나오지 않
으려고 하니 말이야. 이런 젠장! 빌어먹을, 마침내 겨우 나왔는데,
녹이 슨 갑옷 같은데.

페리클레스 여보시게들, 갑옷이라니! 부탁이니, 좀 보여주시구려.
운명이여, 감사하나이다. 이 온갖 역경을 겪고 난 후에
제 자리를 다시 찾을 여지를 좀 주시는군요.
물려받은 유산 가운데 하나로 내 것이었지만 말이요.
돌아가신 부친께서 내게 물려주신 것이었소.
생을 하직 하시면서, "페리클레스, 이걸 간직하거라.
이건 나와 죽음 사이에서 방패 역할을 해왔었다"라는 엄명과 함
께 말이오.

---

9. 가난한 사람들이 원하는 판결을 얻지 못하여 법망에서 벗어날 수 없는 것처럼 물고
기도 그물에서 나오지 않는다는 뜻이다.

그리고는 이 가죽 끈을 가리키시면서

"그것이 나를 구해주었으니, 잘 간직하거라. 유사한 상황에서 —
신들이 너를 보호해주시길 — 너를 지켜주시길"이라고 하셨소.

간직하던 곳에 그대로 간직하면서, 그걸 소중히 아꼈소.

그 거친 바다가, 그 어떤 인간도 빠져나가게 두지 않으면서,   125

격노하여 낚아채가기 전까지는 말이오. 하지만 고요해지자 다시
   되돌려주었군요.

댁들에게 감사하오. 난파당한 일도 이제 아무런 해악이 아니오.

이제 부친께서 유언하시며 주신 선물이 내 수중에 있으니.

어부 1 아니, 대체 그게 무슨 소리요?

페리클레스 청하건데, 친절한 양반들이여, 이 귀한 갑옷을 내게 주시구려.   130

한 때는 왕을 지켜준 방패막이라오.

이 표식으로 알아볼 수 있소. 그 분께서는 나를 지극히 사랑하셨소.
그분을 위해서라도 간직하고 싶소.

그리고 댁들의 왕이 계신 궁으로 안내해주신다면,

그곳에서 내가 갑옷을 입고 신사로 나타날 수 있을 것이오.   135

그래서 나의 미천한 운명이 더 나아지게 된다면,

댁들의 그 관대함에 보답하겠소. 그때까지는 댁들에게 빚진 자로
   남아있겠소.

어부 1 그렇다면, 공주님을 두고 벌이는 시합에 나갈 거요?

페리클레스 내가 갈고 닦아온 무예를 보여줄 것이오.

어부 1 자, 가시게나. 그걸로 신들의 가호가 있기를!   140

어부 2 아, 하지만, 들어보게나 친구 양반, 바다의 거친 솔기들 사이로

이 갑옷을 건져내온 건 바로 우리 아닌가. 그러하니 분명 어떤 애

도건, 어떤 수입이건 마땅히 무언가 있어야 하는 법이지. 바라건

대, 그 쪽이 잘되거든, 그게 다 어디서부터 나오게 된 것인지 기

145 억해주시게나.

페리클레스 믿어주시오, 내 그럴 테니.

댁들의 도움으로 갑옷을 걸치게 되었구려.

그리고 바다가 전부 앗아갔음에도 불구하고,

이 보물이 내 팔에 그대로 있으니

150 이것을 팔아 그 돈으로 준마를 구해 그 위에 탈 수 있을 것이오.

그 경쾌한 발걸음으로 걷는 것만 보아도

구경꾼들에게 즐거움을 주게 될 그런 준마를 말이요.

다만, 여보시게들, 아직

기사용 스커트[10]를 갖추지 못했소.

어부 2 틀림없이 우리가 구해주겠네. 제일 좋은 내 가운을 가지고

155 자네한테 한 벌 만들어줌세. 그리고 이 몸이 직접 자네를 궁으로

데려다 주겠네.

페리클레스 그렇다면 명예가 내가 원하는 목표가 될 것이니,

오늘 나는 일어서리라. 그렇지 않다면 불운에 불운을 더하리로다.

모두 퇴장한다.

---

10. 말을 탄 기사가 입는 무릎길이의 스커트를 말한다.

2장

시모니데스, 타이사, 귀족들과 시종들이 들어온다.

시모니데스 기사들이 시합을 시작할 준비가 되었느냐?

귀족 1 그러하옵니다, 전하.

전하께서 오시면 본인 소개를 하려고 대기 중입니다.

시모니데스 나는 준비가 되었으니, 그들에게 답을 주거라.

그리고 생일을 기념하여 이 시합을 개최하게 해준 내 딸   5

공주도 여기 앉아 있으니. 미의 자녀마냥,

인간들이 보고 경탄하게 만들고자 자연이 이 아이를 주셨구나.

귀족 한명이 퇴장한다.

타이사 아바마마, 부족한 것이 많은 저를

그토록 크게 칭찬해 주시다니요.

시모니데스 그렇게 할 만하니 하는 거다. 왕족이란   10

하늘이 제 모습과 닮게 만들어 놓은 모형이니까.

보석도 소홀히 하면 그 빛을 잃어버리듯이

왕족도 존경받지 못하면 명성을 잃게 되는 법이야.

공주야. 이제 기사들 각자에게 그의 방패에 쓰인 가문의 문장들을

설명해주는 영예가 바로 네 소임이다.   15

타이사 소임을 다하도록 하겠나이다.

기사 한명이 등장한다. 그가 방패를 건네주고,
그의 종자가 그것을 공주에게 전해준다.

시모니데스 가장 먼저 나타난 자는 누구냐?

타이사 아바마마, 스파르타의 기사님이십니다.

그분의 방패에 씌어 있는 가문은

20   태양을 향해 손을 뻗치고 있는 이디오피아 흑인입니다.

문구는 '그대의 빛은 나의 생명'입니다.

시모니데스 너를 자기 생명으로 여기는 자니 너를 잘 사랑하고 있구나.

두 번째 기사가 지나간다.

두 번째로 나타난 자는 누구이더냐?

타이사 아바마마, 마케도니아의 왕자이십니다.

25   그가 방패에 지닌 문장은

귀부인에 의해 정복되는 갑옷 입은 기사입니다.

문구는 스페인어로 이렇게 되어 있습니다. '강압보다는 온유함으로'

세 번째 기사가 지나간다.

시모니데스 세 번째는 누구냐?

타이사 안티옥에서 온 기사로,

30   그의 문장은, 기사도의 화관입니다.

문구는 '승리의 영광에 이끌려'입니다.

네 번째 기사가 지나간다.

시모니데스 네 번째는 누구냐?

타이사 거꾸로 뒤집힌 채 불타고 있는 횃불입니다.

문구는 '나를 불태우는 자가 나를 소멸시키는 자'입니다.

시모니데스 아름다움이 그런 힘과 욕망을 소유하고 있음을 보여주는구나.　35

아름다움은 죽일 수도 있지만 빛나게 해줄 수도 있다는 걸 말이다.

다섯 번째 기사가 지나간다.

타이사 다섯 번째는, 구름에 둘러싸인 손 하나로,

시금석 옆에 있는 금을 내밀고 있습니다.

문구는 이러합니다. '이와 같이 믿음은 시험되도다'.

여섯 번째 기사인 페리클레스가 지나간다.

시모니데스 여섯 번째이자 마지막은 누구냐.　40

저토록 우아하게 예를 갖추어 직접 가져다 줘 보이는 그 기사는?

타이사 이방인인 듯합니다. 그분께서 주신 것은

시든 나뭇가지로, 윗부분만 푸릅니다.

문구는 '이 희망 속에 나는 사는 도다'입니다.

시모니데스 꽤 일리 있는 말이로구나.　45

자신이 처해있는 낙심한 상태로부터

너로 인해 본인의 운명이 번창할 수 있기를 바라는구나.

귀족 1 자기 외모가 말해주는 것보다 어떤 식으로건

진가가 더 낫다는 것을 보여줄 필요가 있었겠지요.

50 녹슨 외관으로 미루어 창보다는

채찍 줄을 더 많이 잡았던 것처럼 보이니까요.

귀족 2 명예가 걸린 시합에 희한한 복장으로

나타난 걸로 보니, 이방인이 분명하긴 합니다.

귀족 3 일부러 오늘이 되기까지 갑옷을 녹슬게 두었다가,

55 먼지에다 그것을 닦아낼 모양입니다.

시모니데스 사람들의 의견이란 바보 같을 뿐이로다.

외관의 복장으로 내면의 인간됨을 살펴보려 들게 만드니.

허나, 가만, 기사들이 입장하고 있구나.

관람석으로 물러가 보자.

모두 퇴장한다.

안쪽에서 굉장한 고함 소리들이 들리고 모두가 "초라한 기사!"라고 외친다.

3장

같은 장소. 궁전 홀

연회가 준비되어 있다.
시모니데스, 타이사, 귀족들, 시종들과 기사들이 시합을 끝내고 들어온다.

시모니데스 기사 여러분,

여러분을 환영한다고 말하는 건 불필요할 것이오.

여러분의 무술 부분에서의 가치를 마치 표지에다 적어두듯,

여러분의 행적의 책에 적는 것은,

기대하지 않으실 테고 알맞지도 않을 거요.   5

보이는 각각이 그 진가를 그대로 드러내주고 있으니 말이오.

즐길 준비를 하시오, 즐기는 것이 잔치가 될 테니.

여러분은 왕족들이고 제 손님들이시니.

타이사 하지만, 당신은, 저의 기사이자 손님이십니다.

당신께 이 승리의 화관을 드리오며,   10

오늘의 행복한 왕으로 관을 씌워드릴게요.

페리클레스 공주님, 그건 제 솜씨보다는 행운 덕분입니다.

시모니데스 무어라고 부르건 원하는 대로 부르라, 오늘은 그대의 날이니.

그리고 바라오만, 이를 시기하는 자는 여기 아무도 없겠지요.

예술가의 틀을 만들면서, 예술은 이와 같이 선포했겠지요,   15

어떤 이는 훌륭하게 빚고, 하지만 다른 이는 더 비범하게 빚어낸다고

그대야말로 그녀가 공들인 학자라오. 자, 잔치의 여왕—

자, 내 딸아, 너 말이다—여기 네 자리에 앉거라.

의전관, 나머지는 각자의 자격에 합당하게 안내해 드리거라.

기사들 시모니데스 선왕께서 환대하시니 저희들은 영광입니다.

시모니데스 그대들이 참석해주어 기쁘오. 나는 명예를 사랑하오.

명예를 싫어하는 자는 하늘에 계신 신들을 싫어하는 법이니까요.

의전관 저쪽 자리에 앉으시면 되십니다.

페리클레스 다른 자리가 더 적합한 것 같습니다만.

기사 1 사양하지 마십시오. 저희들은 신사들이라

마음으로도 눈으로도

승리한 자를 시기하지도, 패배한 자를 경멸하지도 않습니다.

페리클레스 대단히 예의바르신 기사분들이시군요.

시모니데스 앉으시오, 앉으시오, 앉으시게.

[방백][11] 생각의 왕이신 조브신께 맹세코, 참으로 이상도 하구나.

이런 진미들도 끌리지 않고, 저자에 대한 생각뿐이니.

타이사 [방백] 결혼의 여왕이신, 주노 여신께 맹세코,

온갖 음식들이 맛없어 보이는구나.

그 분이 내가 먹는 고기였으면 하고 바라는 마음뿐.

[시모니데스에게] 분명, 저분은 용맹하신 신사분이실 거예요.

시모니데스 그저 시골 신사일 뿐이다.

다른 기사들이 한 것 그 이상을 하지도 않았고,

---

11. 아든판과 RSC판본에 따라 방백으로 처리하였다. 다른 판본의 경우, 이 부분이 페리
클레스의 대사로 되어 있고, 여기서 '저자'로 번역된 'he'대신 'she'로 되어 있다.

그냥 막대기를 부러뜨렸을 정도다. 그러니 내버려두어라.

타이사 제게는 마치 유리 가운데 있는 다이아몬드 같아 보이십니다.

페리클레스 [방백] 저기 계신 왕은 마치 내 부친의 모습과 닮으셨구나.

한때 부친이 그랬던 그 영광을 내게 말해주시면서 말이다. 40

왕자들이 마치 별들처럼 그분의 왕좌 주위에 앉아 있었고,

그분은 그들이 존경을 표하는 태양과 같았었지.

그분을 바라보는 자들은 더 미미한 빛에 불과한 존재처럼,

그분의 우월함에 비하면 그들의 왕관은 아무 쓸모도 없었지.

이제 그분의 아들인 나는 밤에 나다니는 반딧불마냥 45

어둠 속에서 불을 지니고, 빛 가운데서는 하나도 보이지도 않으니

그것으로 보니 시간이야말로 인간들의 왕임을 알겠구나.

시간은 인간들의 부모이기도 하고 그들의 무덤이기도 하며,

그들이 갈망하는 것이 아니라, 자신이 원하는 것을 주는 자니 말

이다.

시모니데스 자, 기사 분들, 즐거우신가? 50

기사들 전하께서 함께 하시는데 그렇지 않을 자가 어디 있겠나이까?

시모니데스 자, 가장자리까지 잔을 채우시고—

여러분이 좋아하듯이, 연인의 입술까지 채우시고—

여러분의 건강을 위해 건배하오.

기사들 전하께 감사드리옵니다. 55

시모니데스 허나 잠깐만, 저기 저쪽의 기사는 너무 침울하게 앉아있구나.

마치 우리 궁의 환대가

자신의 진가에 충분치 않아 보이는 것처럼 말이다.

그렇게 보이지 않느냐, 타이사?

타이사 아바마마, 그게 저랑 상관이 있을까요?

시모니데스 자, 딸아, 보거라.

이 지상의 군주들은 위에 계신 신들처럼 살아야 하나니,

자신들에게 경의를 표하러 온 모든 이들에게 너그럽게 베풀어야

하는 법이다.

그렇게 하지 않는 군주들은 모기와도 같은 법이다.

시끄럽게 소리 내지만 죽이고 보면 의아하게 만드는 그런 모기

말이다.

그러니 그의 방문을 좀 더 감미롭게 해주기 위해,

자, 여기, 이 술잔으로 그를 위해 건배하겠노라고 말하거라.

타이사 아, 아바마마. 낯선 기사 분께 그렇게 대담하게 말거는 건

제게는 어울리지 않는 것 같아요.

그 분이 제 제안을 불쾌하게 여기실 수도 있어요.

남자들은 여자들의 선물을 건방진 것으로 여기니까요.

시모니데스 무어라! 시키는 대로 하거라, 그렇지 않으면 나를 진노하게

만들 테니.

타이사 [방백] 아, 신들께 맹세코, 그보다 더 기쁘게 해줄 수는 없을 걸요.

시모니데스 그리고 가서 말하거라. 그 자에 대해 알고 싶어 한다고.

어디 출신이며 이름이 무엇이고 혈통이 어떠한지.

타이사 [페리클레스에게] 제 부친이신 왕께서, 당신께 건배하셨습니다.

페리클레스 전하께 감사드립니다.

타이사 삶에 혈기가 왕성하시기를 기원하셨습니다.

페리클레스 전하와 공주님께 모두 감사드리며, 전하의 건강을 위해 기꺼
이 건배하겠나이다.

타이사 그리고 당신에 관해 아시고 싶어 하십니다.　　　　　　　　　80
어디 출신이며, 이름이 무엇이고, 혈통이 어떠하신지.

페리클레스 타이어에서 온 신사로, 제 이름은 페리클레스라고 합니다.
예술과 무술 교육을 받았으며,
세상의 모험을 찾아 나섰다가
거친 풍랑으로 인해 배와 부하들을 잃게 되었습니다.　　　　　　85
그리고 난파당한 후 이 해안가로 떠밀려오게 되었습니다.

타이사 [시모니데스에게] 전하께 감사드린다고 하십니다.
이름은 페리클레스라고 하셨습니다. 타이어에서 온 신사분으로
바다에서 겪은 불운으로 배와 부하를 모두 잃으시고,
이 해안가로 내던져졌다고 합니다.　　　　　　　　　　　　90

시모니데스 이런, 세상에, 그가 겪은 불행이 안타깝구나.
그 침울함에서 좀 깨어나게 해줘야겠다.
[기사들에게] 자, 여러분들, 소소한 음식들 앞에서 너무 오래 앉아서
시간 낭비를 하고 있으니, 다른 오락거리를 찾아보아야겠소.
여러분들이 갑옷을 입고 계시니　　　　　　　　　　　　　　95
군무가 잘 어울릴 것 같소.
이 음악이 너무 시끄러워 귀부인들이 듣기에는
너무 거칠다거나 하는 그런 변명은 듣지 않겠소이다.
여인들은 침대에서만이 아니라 무장한 남자들을 사랑하는 법이니.

기사들이 춤을 춘다.

100 보아하니, 청하기를 잘했군요. 모두들 잘 추시는군요.

자, 이보시게. 여기 몸 좀 움직여보고 싶어 하는 여인이 있소이다.

그리고 들은 바로는, 그대 같은 타이어 출신 기사들은

여인들을 춤추게 만드는데 탁월하다고들 하던데.

춤 솜씨가 대단하다고 들었소만.

105 **페리클레스** 실제로 연습하는 사람들은 그러하옵니다. 전하.

시모니데스 오, 그대의 예의 바른 겸손은

그걸로 충분하오.

기사들과 여인들이 춤을 춘다.

자 손을 놓으시오, 손을 놓으시오.

여러분들, 모두 감사하오. 모두들 잘 하셨소.

[페리클레스에게] 하지만 그대가 가장 잘했소 시동들과 불을 들게 하여

110 이 기사 분들이 묵으실 숙소로 안내하거라!

[페리클레스에게] 그대의 방은 내 옆방으로 준비하라고 일러두었소.

페리클레스 전하의 분부대로 따르겠나이다.

시모니데스 여러분, 사랑을 논하기에는 이제 너무 늦었소이다.

그것이 여러분이 목표로 삼은 것이라는 걸 알고 있소.

115 그러니 각자 휴식을 취하셨다가

내일 모두 그 목표를 이루고자 최선을 다하시오.

퇴장한다.

4장

타이어

헬리카너스와 에스카너스가 등장

헬리카너스 아니, 에스카너스 경. 이 점을 알아주시오,

안티오커스 왕은 근친상간에서 벗어나지 못한 채 살았소.

그로 말미암아, 높으신 신들이 더 이상은 보복을

보류하시지 않으셨소.

온갖 영광을 누리는 그 높은 지위와 자부심의 자리에서조차도   5

이 사악한 중대 범죄 때문에 말이오.

형언할 수 없을 만큼 값비싼 마차에 자리 잡고,

그의 딸도 그와 함께 앉아 있었을 때,

하늘에서부터 불덩어리가 떨어졌소. 그리고 그자들의 육신을

혐오스러울 정도로까지 오그라뜨려 버렸다하오. 너무 악취를 풍겨   10

몰락하기 전에는 숭상했던 사람들도 모두

이제는 묻어주려고 손대는 것조차도 꺼려한다 하오.

에스카너스 그것 참 희한한 일이로군요.

헬리카너스 하지만 정당한 대가를 받은 거라오. 비록 이 왕이

막강하긴 했으나, 그 막강함도 하늘의 화살을 막을 수는 없었소.   15

죄가 그 응당한 보상을 받은 거지요.

에스카너스 정말 그러합니다.

두서너 명의 귀족들이 들어온다.

귀족 1 보시오, 저 사람 말고는 개인적으로 의논하거나

의견을 존중해주는 사람은 없소.

귀족 2 더 이상은 아무 말 않고 잠자코 있을 수는 없겠소.

귀족 3 이에 동의하지 않는 자는 저주받을 거요.

귀족 1 그렇다면, 따라오십시오. 헬리카너스 경, 드릴 말씀이 있습니다.

헬리카너스 소신에게요? 환영합니다. 안녕들 하시오, 여러분.

귀족 1 저희의 불만이 꼭대기까지 이르렀고,

마침내 그 둑을 흘러넘치게 되었다는 점을 알아주십시오.

헬리카너스 여러분들의 불만이라니요! 뭐에 대해서요? 여러분이 사랑하

시는 전하께 누를 범하지는 마시오.

귀족 1 헬리카너스 경, 그럼, 경께 누를 범하지 마십시오.

전하께서 살아 계신다면, 전하께 문안드리게 해주십시오.

아니면 전하께서 어느 땅에서 호흡하시고 계신지 알려주십시오.

이 세상에 살아 계신다면, 저희가 전하를 찾으러 나서겠습니다.

무덤에서 안식하고 계신다면, 그곳에서 전하를 찾겠습니다.

전하께서 살아 계신다면 저희를 통치하심이 마땅하며,

혹시 돌아가셨다면, 전하의 장례식으로 애도하게 해주시고

자유롭게 왕을 선출하도록 해주셔야 합니다.

귀족 2 저희 판단으로는 돌아가셨을 가능성이 가장 높습니다.

그렇다면 이 왕국이 수장이 없다는 것으로 —

마치 지붕 없이 남겨진 멋진 건물과도 같아서,

곧 무너져 몰락하게 될 것이니 — 경께서,

어떻게 통치하고 어떻게 다스려야할지 가장 잘 아시니,

소신들은 경께 — 저희의 주군으로 — 순종하고자 합니다. 40

모두 헬리카너스 전하 만세!

헬리카너스 명예에 걸고, 여러분들의 추대를 참아 주십시오.

경들이 페리클레스 전하를 사랑하신다면, 참아주시오.

소신이 경들의 소청을 수락하는 것은, 바다에 뛰어드는 것으로,

일 분의 평안함을 위해 한 시간을 고생해야하는 꼴이지요. 45

경들에게 청하니, 열두 달만 더,

전하께서 부재하시는 걸 참아주시오.

그 시간이 만료되었는데도 돌아오시지 않으신다면,

소신이 고령의 인내심을 갖고 경들이 주시는 그 굴레를 받들 것이오.

허나 경들이 애정으로 이만큼 참아주도록 소신이 만들지 못한다면 50

고귀한 이들처럼, 고귀한 백성으로 찾아 나서시오.

그러면 모험심을 발휘하여 최선을 다하여 찾아주시고

찾아내셔서 돌아오시게 해주신다면

경들은 그분의 왕관을 둘러싼 다이아몬드 같은 존재가 될 것이오.

귀족 1 현인의 말씀에 따르지 않는 자는 바보이지요. 55

헬리카너스 경께서 소신들에게 말씀하신대로,

저희는 길을 떠나 최선을 다해보겠습니다.

헬리카너스 그렇다면 경들은 소신을, 소신은 경들을 사랑하니 이제 악수

합시다. 동료들이 이처럼 연합하면, 왕국은 영원히 굳건할 것이오.

퇴장한다.

5장

펜타폴리스. 궁전의 어느 방

시모니데스 왕이 편지를 읽으면서 한쪽 문으로 등장한다.
기사들이 그를 맞이한다.

기사 1 시모니데스 전하, 안녕하신지요.

시모니데스 기사 분들, 내 여식에게서 들은 말을 알려드리려 하오.

앞으로 열두 달 동안은

결혼 생활에 돌입하지 않을 것이라 하오.

5　　그 이유는 오로지 혼자만 알고 있는 것으로,

나는 듣지 못했소.

기사 2 전하, 저희가 공주님을 만나 뵐 수 있을 런지요?

시모니데스 그건, 절대 안 될 거요. 너무도 엄중히 자신을 방에

가두어 놓고 있으니, 그건 불가능하오.

10　　앞으로 열두 달 더 다이아나 여신의 옷을 입기로 했다 하오.

신시아 여신[12]이 보는 데서 이를 맹세했고

자신의 순결이라는 명예를 결코 깨지 않겠다고 하오.

기사 3 작별 인사를 드리기는 싫습니다만, 저희는 떠나야할 것 같습니다.

기사들 퇴장

---

12. 다이아나 여신으로, 순결함을 상징하는 달과 연관될 때 신시아로 불린다.

시모니데스　자, 이제 저들은 잘 돌려보냈고,

이제 내 딸의 편지를 읽어 보자꾸나. 　　　　　　　　　15

여기 이렇게 적어 놓았군. 자신은 이방인 기사와 결혼하겠으며,

그렇지 않다면 낮을 보지도 빛을 보지도 않겠노라고.

잘 되었구나, 얘야. 네 선택이 내 것과 일치하니 말이다.

나도 마음에 든다. 아니지, 그렇게 강경하게 나오다니,

내가 싫어할지 여부는 신경도 쓰지 않다니! 　　　　　　20

뭐, 공주의 선택을 칭찬은 하지만,

이 일이 오래 지체되게 하지는 말아야겠다.

가만! 그 자가 이리 오는구나. 시치미를 떼야겠다.

페리클레스 등장

페리클레스　시모니데스 전하께 온갖 행운이 깃드시길!

시모니데스　그대에게도 그러하길! 그대에게 빚을 졌소. 　　　25

지난밤에 아름다운 음악을 들려준 데 대해 말이오.

그와 같이 즐거움을 주는 아름다운 화음으로

내 귀를 대접해준 적이 없었소.

페리클레스　전하께서 그렇게 과찬을 해주시다니요.

저는 그럴 자격이 없습니다. 　　　　　　　　　　　30

시모니데스　그대는 음악의 천재요.

페리클레스　온갖 음악 학도들 가운데 제일 최악이랍니다. 전하.

시모니데스　한 가지 물어볼 것이 있소.

내 딸을 어떻게 생각하시오?

35 **페리클레스** 가장 덕성을 갖추신 공주님이십니다.

시모니데스 그리고 아름답지요, 안 그렇소?

페리클레스 마치 아름다운 여름날 같이, 굉장히 아름다우십니다.

시모니데스 그런데, 내 딸이 그쪽을 좋게 생각하고 있소.

아, 너무도 좋게 여겨서, 그대가 내 딸의 스승이 되고,

40 내 딸은 그대의 제자가 되려하오. 그러니 이러면 어떻겠소.

페리클레스 저는 따님의 스승이 될 자격이 없습니다.

시모니데스 공주는 그렇게 생각하지 않는다오. 이 글을 잘 살펴보시오.

페리클레스 [방백] 여기 적힌 게 무엇일까?

편지로구나, 공주가 타이어의 기사를 사랑한다니!

45 이건 내 목숨을 빼앗기 위한 왕의 계략일거다.

[시모니데스 왕에게] 오, 자비로우신 전하, 저를 궁지에 빠뜨리지 말

아 주십시오,

낯선 이방인에다 비참한 처지에 있는 신사입니다.

전하의 따님을 사랑하겠다는 그런 높은 야심은 결코 품지 않았나이다.

그 분을 명예롭게 하는 일을 하고자 할 뿐입니다.

50 **시모니데스** 내 딸을 홀려놓았구나.

불한당 같은 놈.

페리클레스 신들께 맹세코, 그런 적이 없습니다.

그런 잘못을 범할 생각조차도 품지 않았나이다.

제 행동에 있어서도 공주님의 사랑을 얻고 전하를 불쾌하게 만들

55 어떤 행동도 시도하지 않았습니다.

시모니데스 이 반역자, 거짓을 고하다니.

페리클레스 반역자라니요!

시모니데스 그렇다, 반역자.

페리클레스 왕만 아니시라면 ─ 저를 반역자라고 부르는 그 목구멍에다

그 거짓말을 되돌려주겠습니다만.   60

시모니데스 [방백] 자, 진정, 그의 용기에 박수를 보내고 싶구나.

페리클레스 제 행동은 제 생각만큼이나 고귀하며,

비천한 짓을 결코 맛도 보지 않았습니다.

저는 명예를 구하여 전하의 궁에 왔지,

명예의 반역자가 되려고 온 게 아닙니다.   65

저에 대해 달리 말하는 자는

이 검으로 그가 명예의 적임을 증명해 보일 겁니다.

시모니데스 아니라구?

여기 내 딸이 오는 도다. 공주가 증명해줄 것이다.

                                타이사가 등장한다.

페리클레스 그럼, 공주님께서는 아름다우신 만큼 덕성도 갖추셨으니,   70

진노하신 아버님께 확인시켜 주십시오.

제 혀가 구애를 했다거나, 제 손이

공주님께 사랑을 고백하는 단 한 마디라도 적어 보냈는지 말입니다.

타이사 어머, 혹 그랬다고 말씀하신다면,

저를 기쁘게 해주는 일일 텐데 누가 잘못을 범했다고 하겠나요?   75

시모니데스 아니, 얘야, 어찌 그리도 뻔뻔하단 말이냐?

[방백] 내 진정으로 그 말에 기쁘도다. ─

[타이사에게] 버릇을 좀 들여야 하겠구나. 순종하게 만들어 놓겠다.

나의 동의를 구하지도 않고,

80 　네가 사랑과 애정을

이 낯선 이방인에게 주겠다는 게냐?

[방백] 내가 보기에, 어쩌면, 그 반대로는 생각되지 않는데,

나만큼이나 대단한 혈통일 것 같도다. ―

그러니, 얘야. 잘 듣거라. 네 뜻을 내게 맞추든지 ―

85 　아니면, 자네, 잘 듣게, 내 말에 순종하든지

아니면 이렇게 만들어 버릴 테니 ― 남편과 아내로 말이다.

[두 사람의 손을 잡아준다]

자, 자, 너희들의 손과 입술 역시 봉해져야만 하도다.

그리고 합쳐놓고, 이렇게 너희들의 희망을 깨버릴 거다.

그리고 더한 슬픔으로 ― 신께서 너희들에게 기쁨 주시길! ―

90 　뭐야, 두 사람 모두 기쁜 것이냐?

타이사 네, 당신이 절 사랑하신다면요.

페리클레스 제 생명만큼, 그 생명을 키워주는 피 만큼이나요.

시모니데스 뭐야, 두 사람 모두 동의한 거냐?

두 사람 모두 네, 전하께서 좋으시다면요.

95 　**시모니데스** 기쁘다말다, 두 사람이 결혼하는 것을 보아야겠다.

그런 다음 서둘러 침실로 가려무나.

　　　　　　　퇴장한다.

3막

가우어가 들어온다.

가우어 이제 잠이 그 즐거운 소란을 가라앉혔습니다.

지극히 성대했던 결혼 잔치로 배를 그득히 채운 자들이

더 크게 내놓는 코고는 소리 외에는

집 주변에 그 어떤 시끄러운 소리도 없습니다.

⁵ 고양이는, 타오르는 석탄불이 보는 앞에서,

이제 쥐구멍 앞에 웅크린 채 앉아 있고,

귀뚜라미는 아궁이 입구에서 제 자리가 마른 상태인지라

더 더욱 행복해하며 노래 부르고 있습니다.

결혼의 여신 하이먼이 신부를 침상으로 데려다 주었고,

¹⁰ 그곳에서, 처녀의 순결을 버리고,

아기가 생겨납니다. 자 들어보시지요.

너무도 빨리 지나간 시간은

여러분의 훌륭한 상상력으로 멋지게 보충해주시기 바랍니다.

무언극을 보신 다음 다시 말로 설명해 드리겠습니다.

무언극

페리클레스와 시모니데스가 시종들과 함께 한쪽 문으로 등장한
다. 전령이 그들과 마주치고, 무릎을 꿇고 페리클레스에게 편지
를 건네준다. 페리클레스는 그 편지를 시모니데스 왕에게 보여주
고, 귀족들이 그에게 무릎을 꿇는다. 그런 다음 임신 중인 타이사

가 유모인 라이코리다와 함께 등장한다. 왕이 타이사에게 편지를
보여주고, 그녀는 기뻐한다. 타이사와 페리클레스가 부왕에게 작
별을 고하고 라이코리다와 시종들과 함께 출발한다. 그런 다음
시모니데스 왕과 나머지 사람들은 퇴장한다.

황량하고 위험한 수많은 여행을 해가며   15
페리클레스를 찾아
세계 각지를 온통
사방팔방 속속들이 찾아다니며
말과 배와 그 많은 비용을 아끼지 않으며
온갖 노력을 기울인 것이   20
그를 찾아내는데 도움을 줄 수 있었습니다. 마침내 타이어에서 —
가장 먼 곳에서부터 온 문의에도 답해주는 풍문에 의하면 —
시모니데스 왕의 궁으로 편지가 도착하였는데,
그 내용인즉 이러합니다.

안티오커스 왕과 그의 딸이 죽었으며,   25
타이러스의 신하들이 헬리카너스의 머리에
타이어의 왕관을 씌우고자 하였으나,
그가 거절하였다고 합니다.
그곳의 소요를 그가 서둘러 진압하고,
그들에게 말하기를, 페리클레스 왕이   30
여섯 달이 두 번 지나도 고국에 돌아오지 않는다면,

그들의 결정에 순종하여,

왕관을 받아들이겠노라고 말입니다. 이런 내용이

펜타폴리스에 전해지자,

³⁵ 그 곳 사람들은 좋아서 어쩔 줄 몰라 하며,

모두가 손뼉 치며 외치기를,

'우리의 왕위 계승자가 왕이시라니!

누가 꿈이나 꾸었으며, 누가 그런 일을 생각이나 했겠는가?'라고.

간단히 요약하자면, 그는 타이어로 떠나야만 했습니다.

⁴⁰ 아기를 임신 중인 그의 왕비도 소망하기를―

누가 막을 수 있겠습니까? ― 함께 가기로 했습니다.

그들의 슬픔과 탄식은 모두 생략하겠습니다.

유모인 라이코리다를 데리고, 왕비는

그렇게 바다로 나갔습니다.

⁴⁵ 배가 해신 넵튠의 파도에 흔들리고,

이들은 절반쯤 바다를 건넜습니다.

하지만 운명의 기분이 또 변덕을 부려,

끔찍한 북풍이 엄청난 폭풍우를 토해 내놓아,

마치 오리가 살아남으려고 물에 뛰어드는 것 마냥

⁵⁰ 불쌍한 배는 위로 아래로 흔들리며 나아갔습니다.

왕비는 비명을 지르고, 아, 이런,

두려움과 함께 산고가 시작되었습니다.

이 잔인한 폭풍우 속에 벌어질 일은

그 자체가, 눈앞에서 펼쳐질 것입니다.

소신은 입을 다물 것이니, 나머지는 극의 진행이   55
적절하게 전달해 줄 것입니다.
소신에 의해 이야기되지 않을지라도
여러분의 상상으로
이 무대를 배로 생각해주십시오. 그 갑판 위에서
파도에 출렁이는 페리클레스가 등장하여 이야기합니다.   60

퇴장

1장

선상에 페리클레스가 등장한다.

페리클레스 이 광활한 바다의 신이시여, 천국과 지옥을 모두 씻어내는
이 파도들을 꾸짖어 잠재워주소서. 그대, 바람들에게
명령을 내리는 분이시여, 이 바람들을 깊은 곳에서 불러낸
황동에다 꼭 붙들어 메어주소서! 오, 잠잠해지거라.
5 귀먹게 만드는 무시무시한 천둥들이여,
그 민첩한 유황불 섬광을 부드럽게 꺼 버려다오! 아, 어떠냐, 라
　이코리다,
왕비는 어떠시냐? 이렇게 지독히도 몰아치는 폭풍우야,
너 자신마저 전부 다 토해내 버릴 작정인 거냐? 수부의 호각 소리도
죽음의 귀에다 속삭이는 소리 마냥 들리지도 않는구나.
10 라이코리다! — 오, 루시나[13] 여신이여,
신성한 후견인이자, 밤중까지도 비명을 지르는 자들에게
다정한 산파이신 분.
춤추는 것 마냥 흔들리는 이 배에 타셔서 신의 능력을 보여주사
제 왕비의 산고의 고통이 빨리 지나가게 해주소서! 자, 라이코리다!

　　　라이코리다가 아기를 안고 들어온다.

---

13. 다이아나 여신이 출산을 도울 때 불리는 이름.

라이코리다 이런 장소에 있기에는 너무도 어린 아기가 여기 있나이다. 15

상황을 알 수 있다면, 차라리 죽고 싶어 하실 겁니다.

지금 제 심정처럼 말입니다. 전하의 팔에 안아 주세요.

돌아가신 왕비님의 일부이신 이 아기를요.

페리클레스 뭐, 뭐라, 라이코리다!

라이코리다 진정하십시오, 전하, 폭풍우를 도와주지 마십시오. 20

왕비님께서 살아있도록 남겨 놓으신 것이라고는

이 어린 따님뿐입니다. 따님을 위해서라도,

사내답게 처신하시고, 위안을 얻으십시오.

페리클레스 오, 신들이시여!

왜 당신의 훌륭한 선물을 사랑하게 만드시고는, 25

금방 앗아가 버리시나요? 여기 이 지상에서 우리는

준 것을 다시 되물리지 않고, 그걸로 당신들께

맞서 이용하지도 않건만.

라이코리다 전하, 고정하세요. 이 아기를 위해서라도요.

페리클레스 [아기에게] 자, 부디, 네 인생이 평온하거라! 30

그 어느 아기도 이보다 더 사납게 불어대는 폭풍우 속에 태어나

지는 못했을 테니.

네 인생은 부디 조용하고 평온하기를!

군주의 자식 된 자로 이 세상에 오면서

가장 거친 환영을 받았으니 말이다. 이후에는 부디 복되어라!

아주 시끌벅적한 탄생을 맞았구나. 35

불과, 공기와, 물과, 흙과 그리고 하늘이

네가 자궁에서부터 태어난 것을 알리기 위해 시끄럽게 굴고 있으니.

심지어 첫 시작부터, 네가 잃은 것은 이곳에서 발견할 수 있는

온갖 것을 가지고도 보상해줄 수 있는 그 이상으로 크도다.

40   이제 좋으신 신들께서 가장 따뜻한 눈길로 너를 보아주시길!

두 선원이 들어온다.

선원 1 전하, 용기는 어떠신지요? 신의 가호가 있으시길!

페리클레스 용기는 충분하다. 강풍 같은 건 두렵지 않다.

그건 이미 내게 최악의 짓을 했다. 하지만, 이 불쌍한

아기에 대한 사랑으로, 이 갓 태어난 수부를 위해서,

45   잠잠해졌으면 싶구나.

선원 1 돛의 줄을 좀 느슨하게 해! 안되겠다고, 안 돼? 그럼, 마구 불어서

찢어버리거라.

선원 2 배를 조작할 여유만 있다면, 바다의 소금물과 그 튀기는 물이 달

과 입을 맞춘다 해도, 난 신경 안 쓰네.

50   **선원 1** 전하, 왕비님은 배에서 치우셔야만 합니다. 배에서 시신을 치우

기 전에는 바다는 파도가 높이 일 테고, 바람은 세게 불고, 잠잠

하지 않을 겁니다.

페리클레스 그건 자네 미신이다.

선원 1 송구합니다만, 저희로서는 바다에서 여전히 지키는 일입니다. 저희

55   는 관습을 반드시 따릅니다. 그러니 속히 왕비님을 내놓으십시오.

왕비님은 즉시 배 밖으로 던져 수장해야 합니다.

페리클레스 합당하다고 생각하는 대로 하라. 가장 불쌍한 왕비로구나!

라이코리다 전하, 여기 왕비님께서 누워 계십니다.

페리클레스 지독히도 끔찍한 해산을 했구려.

빛도 없고, 불도 없이 말이오. 다정하지 못한 원소들[14]이   60

당신을 완전히 망각해버렸구려. 나또한 당신에게

무덤조차 마련해줄 시간도 갖지 못하고, 제대로 된 관에도 넣지
　못한 채

바로 당장 당신을 바다 속에다 수장해야만 하는구려.

그곳에서는, 물을 내뿜는 고래와 철썩대는 파도가

당신 유골 위에 세울 비석과 늘 남아 있을 등잔이 되어   65

평범한 조개들과 더불어 누워 있는

당신의 시신을 덮고 있겠구려. 오, 라이코리다,

네스터에게 향료와 잉크와 종이를 가져오라고 전해다오.

내 상자와 보석들도. 그리고 나이캔더에게는

비단 상자를 갖다 달라고 하거라. 아기는 베개 위에 놓아두거라.   70

이보게, 어서, 내가 사제처럼 왕비에게 작별을 고하는 동안.

자, 여보게, 어서.

라이코리다가 나간다.

선원 2 전하, 갑판 뚜껑 아래에, 역청을 두르고, 봉해져 있는 상자가 있
습니다.

페리클레스 고맙다. 여봐라, 여기는 어디 해안가인가?   75

---

14. 당시에는 우주만상이 물, 공기, 불, 흙이라는 네 개의 원소로 이루어져 있다고 믿었다.

선원 2 타르서스 부근입니다.

페리클레스 여봐라, 그곳으로 가자.

　　　　타이어로 가는 항로를 바꾸거라. 언제 그곳에 도달할 수 있겠느냐?

선원 2 바람만 잠잠해지면, 새벽녘까지는 가능합니다.

80　**페리클레스** 오, 타르서스로 가자!

　　　　그곳에서 클레온을 찾아가겠다. 아기가 타이러스까지

　　　　버틸 수 없을 테니 말이다. 그곳에서 아기를 잘 보살펴줄 수 있는

　　　　손길에 맡기겠다. 자, 여봐라, 자네 할 일을 하거라.

　　　　나는 시신을 곧 가져올 테니.

　　　　　　　　　　퇴장한다.

2장

세리몬이 하인 한명과 난파당한 사람들 몇 명과 함께 들어온다.

세리몬 이봐, 필레몬!

필레몬이 들어온다.

필레몬 부르셨습니까?

세리몬 불쌍한 이 사람들을 위해 가서 불과 고기를 좀 가져 오거라.

간밤엔 사납게 폭풍우가 몰아치더구나.

하인 많은 일을 겪어보았습니다만, 간 밤 같은 경우는   5

여태껏 한 번도 겪어보지 못했습죠.

세리몬 네가 돌아오기 전에 네 주인은 돌아가실 것 같다.

그를 회복시킬 수 있는 건 어떤 것도

그 체질에는 도울 수 있는 게 없겠구나.

[필레몬에게] 이걸 약방에 들고가 어떻게 효능을 내는지 알아봐다오.   10

세리몬만 남고 모두 퇴장

신사 두 명이 들어온다.

.

신사 1 안녕하십니까.

신사 1 안녕하신지요. 문안드립니다.

세리몬 여러분들, 왜 이리들 일찍이 일어나셨소?

신사 1 저희 거처가, 바다 바로 옆에 황량하게 서있다 보니,

15   땅이 지진이 나는 것 마냥 흔들렸답니다.

        대들보가 쪼개지는 듯 했고, 전부 다 무너져 내리는 줄 알았습니다.

        엄청 놀라고 두려운 나머지

        집에서 나오게 되었답니다.

신사 2 그래서 이토록 일찍부터 폐를 끼치게 되었습니다.

20   부지런해서가 아니랍니다.

세리몬 오 말씀 잘하셨소.

신사 1 하지만 좀 많이 놀랐습니다. 경께서는 단단히 갖추셨는데,

        이리도 이른 시간에 그 황금 같은 안식의 잠을 떨쳐내고 일어나

           시다니.

        참으로 희한합니다.

25   굳이 그러지 않으셔도 될 텐데,

        이런 불편함을 감수하고자 하시다니요.

세리몬 늘 믿고 있는바,

        미덕과 지식은 지위와 부보다

        더 큰 재능이라오. 부주의한 상속자들이

30   후자로 언급한 두 가지에 먹칠하고 다 탕진할 수도 있지요.

        하지만 불멸하는 것은 전자를 섬기면서,

        인간을 신이 되게 해주지요. 알려진 바대로, 나는 지금까지

의약을 연구해왔소. 그걸 통해 비밀스런 비법들을,

박식한 책들을 읽으면서

실습과 함께 적용해가면서 익혔고,   35

식물과, 금속과 돌 속에 있는 약효를 지닌 것들을

내게 유용하게 쓸 수 있게 되었다오.

그래서 자연이 유발시키는 병과

그 치료책에 대해 말할 수 있다오. 이것이 내게

진정한 기쁨의 과정에 더욱 만족하게 해주지요.   40

위태롭게 비틀대는 불안정한 명예를 좇으며 목말라 하거나

내 보물을 비단 주머니에 붙들어 묶어 두기보다 말이오.

이런 건 바보와 죽음이나 기쁘게 해주는 일 아니겠소.

신사 2 경께서는 에피서스 각지에 그 자비를 쏟아 부어 주셨고

경께서 회복시켜 주셨던 수백 명의 사람들이 자신들을   45

경의 피조물이라고 부르지요.

게다가 비단 지식이나, 개인적인 노고만이 아니라 심지어

지갑까지도 너그러이 열어놓고 계시니, 세리몬 경께서

시간이 지나도 결코 사라지지 않을 정도로

막강한 명성을 얻게 해주었지요.   50

두서너 명의 하인이 상자를 들고 들어온다.

하인 1 자, 거기를 들어.

세리몬 그게 무엇이냐?

하인 1 나리, 지금 막

바다가 우리 해안가로 이 상자를 내동댕이쳐 놓았습니다.

55 난파당한 것입니다.

세리몬 내려놓거라. 어디 한번 살펴보자.

신사 2 관인 것 같습니다만.

세리몬 무엇인지 모르겠지만

엄청 무겁구나. 곧바로 비틀어 열어 보거라.

60 만약 바다의 위장이 금이 넘쳐난 나머지,

우리 쪽에다 대고 트림을 해준 거라면 운명의 멋진 행운덕인 거지.

신사 2 정말 그렇습니다.

세리몬 이리도 단단히 틈이 메워져 있고 역청이 칠해져 있다니!

바다가 내동댕이친 것이냐?

65 **하인 1** 나리, 그걸 해안가로 집어던져 놓을 때

그렇게 엄청난 파도는 본 적이 없습니다.

세리몬 비틀어 열어 보거라.

가만! 내 감각에 매우 향긋한 냄새가 나는구나.

신사 2 섬세한 향이로군요.

70 **세리몬** 지금까지 내 코로 맡아 본 적이 없는 거로군. 자, 열어 보거라.

오 이런 신이시여! 이게 무엇이냐? 시체로구나!

신사 1 정말 희한하군요!

세리몬 왕좌의 덮개 천을 수의로 삼아 둘렀군. 향유를 바르고 보물처럼

향료 주머니를 가득 채워 놓다니! 서찰도 있구나!

75 아폴로 신이시여, 이 글자를 읽을 수 있게 해주소서!

두루마리에서 읽는다.

"이 관이 육지에 닿게 된다면
상황을 파악할 수 있도록 여기 적어 놓습니다.
페리클레스 왕인 나는
세상의 온갖 부와도 맞먹는 이 왕비를 잃었습니다.
왕비를 발견하시게 되면, 부디 묻어주시기 바랍니다.   80
왕비는 왕의 딸이었습니다.
매장 비용으로 이 보물을 드리며, 이외에도
신들께서 그 자비에 보상해 주실 것입니다!"

페리클레스여, 생존해 계신다면, 비탄으로
심장이 갈라지시겠군요! 간밤에 이런 일이 있었구나.   85

신사 2 그런 것 같습니다.

세리몬 분명, 간밤일 거요.
보시오, 얼마나 생기 있어 보이는지! 이 분을 바다에 던져버리다니
너무들 성급했군요. 안에 가서 불을 피우거라.
내 방에 있는 상자를 전부 이리로 가져와 보거라.   90

하인이 나간다.

죽음이 수 시간 동안 육신을 점령하고 있을 지라도
생명의 불이 억눌렸던 영에 다시금 불을 붙일 수 있지요.
어떤 이집트인에 대해 들은 적이 있는데,

아홉 시간을 죽은 채 누워 있다가
적절한 처방 덕분에 회복되었답니다.

상자와 냅킨과 불을 들고 하인이 다시 등장한다.

잘했어, 잘했다. 불과 천을 가져오너라.
조용하고 슬픈 음악, 그것을 연주해보아라.

음악이 연주된다.

다시 한 번 악기를 연주하여라. 어서 움직여라, 꾸물대지 말고!
자 거기 음악을 연주하거라! — 자, 어서 이분에게 공기를 드려라.

음악이 다시 연주된다.

여러분들. 이 왕비께서는 살아나실 겁니다.
자연이 이분에게서 따뜻한 숨이 나오게 깨워 주는군요!
다섯 시간 이상 가사 상태는 아니었소.
보시오. 생명의 꽃이 다시 피어나지 않소!

신사 1 하늘이 경을 통해 행하신 일은 더욱 경이감을 갖게 해주고,
경의 명성을 영원하게 해주는군요.

세리몬 살아나셨소. 보시오. 눈꺼풀이,
페리클레스가 잃었던 그 천상의 보석들의 상자들이,
밝은 황금빛 가장자리를 벌리기 시작합니다.
가장 칭송받던 눈물의 다이아몬드들이 나타납니다.

세상을 곱절로 부유하게 만들려구요.   110

부디 소생하십시오. 그리하여 아름다운 분이시여, 기구해 보이는

그 운명에 관해 듣고 우리가 눈물 흘리게 해주십시오.

타이사가 움직인다.

타이사 오 다이아나 여신이여. 여기가 어디인지요? 제 남편은 어디 계신지?

이곳은 어떤 세상인지요?

신사 2 희한한 일 아닌가?   115

신사 1 가장 희귀한 경우지요.

세리몬 이보게들, 조용히들 하시게!

손 좀 빌려들 주시오. 옆방으로 모십시다.

린넨을 가져 오거라. 이제부터 신경을 써야만 한다.

다시 쓰러지신다면 치명적이니까. 자, 자.   120

에스큘라피우스 신[15]이시여 인도하여주소서!

타이사를 옮겨 나르며 퇴장한다.

---

15. 고대 그리스의 전설적인 의사로 후에 의술의 신이 되었다.

3장

타르서스. 클레온의 저택의 어느 방

페리클레스, 클레온, 다이오나이자,
그리고 라이코리다가 마리나를 팔에 안은 채 들어온다.

페리클레스 존경하는 클레온 각하, 이만 떠나야 하겠습니다.

제게 허락된 열두 달이 만료되었고, 타이러스[16]는

평화가 불안 불안한 상태입니다.

각하와 부인께, 진심으로 감사드립니다!

5 부디 신들이 그 나머지를 보상해 주시길!

클레온 전하의 운명의 창자루가, 전하를 치명적으로 상처 입혀 놓았지만,

저희들 또한 상처 입히고 놀라게 만들었습니다.

다이오나이자 오 전하의 사랑스러운 왕비님!

운명이 전하와 함께 이곳으로 오시게 해서

10 그분을 뵙는 축복을 제 눈이 가졌더라면 좋았으련만!

페리클레스 우리는 저 위에 계신 신들이 하시는 일에 순종할 수밖에 없지요

왕비가 누워있는 바다만큼이나 제가 격분하고 으르렁댄다 한들

상황은 똑같이 이러했을 겁니다. 사랑스러운 우리 아기 마리나,

바다에서 태어났기에, 그렇게 이름을 지어 주었지요,

---

16. 타이어를 말한다.

여기 두 분께 자비를 부탁드리고, 두 분께 아기를 보살펴 15

주십사 맡겨드립니다. 부디 이 아기에게 왕족다운 교육을 시켜주시고,

그 태생에 걸 맞는 범절을 갖출 수 있도록 해주십시오.

클레온 전하, 걱정 마시고, 전하만 생각하십시오.

전하께서는 저희 나라를 전하의 옥수수로 먹이셨던 분이십니다.

그 일로 여전히 백성들의 기도가 전하를 위해 드려지고 있습니다. 20

전하의 자제분 또한 그렇게 여겨질 겁니다. 만일 소홀함이 있다면

이 몸은 악당일 것이고, 전하의 은혜를 입었던 일반 백성들이

가만있지 않고 어떻게든 제가 소임을 다하게끔 만들 겁니다.

하지만 그와 같은 상황이 되도록 자초하게 된다면

신들께서 저와 제 자식들에게 25

자자손손 멸망케 보복하실 겁니다.

페리클레스 각하를 믿습니다. 서약하지 않으시더라도 그 명예와

선함이 저더러 그렇게 하라고 일러줍니다.

부인, 우리가 숭배하는 밝히 빛나는 다이아나 여신께 맹세코,

이 아이가 결혼할 때까지 저는 머리카락을 자르지 않겠습니다. 30

보기 흉하다 할지라도 말입니다. 자 안녕히 계십시오.

착하신 부인, 부인의 보살핌 속에 축복받게

부디 제 아기를 잘 키워주십시오.

다이오나이자 전하, 제게도 자식이 하나 있는데,

전하의 자식보다는 35

더 귀하게 여기지 않을 것입니다.

페리클레스 부인, 감사드리며 신의 가호가 있으시길.

클레온 해안가까지 전하를 모셔 드리겠습니다.

그런 다음 지금은 평안해 보이는 바다의 신 넵튠과

부드러운 순풍에 전하를 내어드리겠나이다.

페리클레스 그 제안을 받아드리겠습니다. 자, 부인.

오, 눈물은 거두어라, 라이코리다, 울지 말거라.

어린 공주를 잘 돌보아주게나. 나중에 크면

자네가 의지해야 할 인물이니. ─ 자, 가시지요.

퇴장한다.

4장

에피서스. 세리몬의 저택의 어느 방

세리몬과 타이사가 들어온다.

세리몬 왕비님, 이 편지와 보석 몇 가지들이

함께 관에 들어 있었습니다. 이제 왕비님께서 알아서

하십시오. 이 글은 알아보시겠습니까?

타이사 제 남편의 것입니다. 제가 출산할 시기임에도

바다로 나와 배를 탄 것은, 잘 기억합니다.   5

하지만 제가 출산을 했는지는, 거룩하신 신들께 맹세코

정확하게 말씀드릴 수가 없네요. 하지만 결혼한 제 남편이신

페리클레스 왕을 아마도 다시는 보지 못할 터이니,

저는 여 사제복을 입도록 할게요.

그리고 결코 즐거움을 갖지 않겠어요.   10

세리몬 말씀하신 대로 하실 작정이시라면,

다이아나 여신의 신전이 그리 멀지 않은 곳에 있습니다.

거기서 왕비님의 시간이 만료될 때까지 거하시지요.

그리고 좋으시다면, 제 조카딸이 그곳에서

시중을 들도록 하겠습니다.   15

타이사 제가 할 수 있는 보답이라고는 감사하다는 말뿐이네요.

비록 드릴 수 있는 것은 적으나, 제 마음은 한량없답니다.

퇴장한다.

4막

가우어 등장

가우어 페리클레스가 타이어에 도착하여

그의 소망대로 환영받고 정착한 것을 상상해 보십시오.

불쌍한 그의 왕비는 에피서스에 남겨져,

그곳에 있는 다이아나 신전의 여사제가 되었습니다.

5 이제 마리나에게 관심을 기울이시고,

급속히 성장하는 장면을 타르서스에서 보게 되니,

클레온에 의해

음악과 문예를 교육받았지요.

온갖 교양 있는 교육을 모두 받았기에,

10 그녀는 모두가 경탄하는 그 중심에 있는 인물이 되었습니다.

하지만, 저런, 질투라는 그 괴물이,

종종 받은 칭찬들을 망쳐놓아

마리나의 목숨을

배신의 칼날로 빼앗으려고 하여

15 이러한 식으로 되었지요. 클레온에게는

딸이 하나 있었는데, 다 성장한 아가씨로

결혼식을 올리기에 무르익은 상태랍니다. 이 아가씨

이름은 필로텐이라 합니다.

그리고 분명 우리 이야기에서, 그 아가씨는

20 마리나와 늘 함께 있었다고 합니다.

길고, 조그마하면서 우유같이 흰 손가락으로

비단실을 가지고 바느질 하고 있을 때나,

혹은 날카로운 바늘을 가지고 흰 삼베를 찔러

상처를 입혀 더 강하게 만들 때에도.

혹은 루트에 맞춰 노래를 부르며,   25

구슬픈 소리로 음을 내는

밤에 우는 나이팅게일을 조용하게 만들 때나,

혹은 풍요롭고도 일관된 필체로

자신이 섬기는 다이아나 여신에게 신앙을 표현할 때도,

여전히 이 필로텐은 기술에 있어   30

절대적인 마리나와 경합을 벌입니다. 그리하여

마치 까마귀가 파포스의 비둘기[17] 앞에서

흰 깃털을 자랑하며 경쟁하는 꼴이지요.

마리나가 늘 온갖 칭송을 받는데, 이는 빚진 것이

되갚아지는 것과 같은 거지요.   35

이로 인해 필로텐이 지닌 온갖 훌륭한 표식들을 가리게 하자,

클레온의 아내는 지독한 시기심으로

착한 마리나를 살해하려고 살인자를 구합니다.

이 살인을 통해

자신의 딸이 견줄 이가 없도록 하려는 것이었지요.   40

---

17. 비너스 여신은 사이프러스 섬의 파포스 근처의 바다에서 탄생하였다. 파포스의 비
   둘기는 비너스 여신의 신성한 흰 비둘기를 뜻한다.

그 사악한 생각을 진척시키는데 도와주기라도 하듯,
유모인 라이코리다도 곧 죽어버립니다.
사악한 다이오나이자는
준비된 분노의 도구를 사용하여
가격하려 추진시킵니다. 아직 벌어지지 않은 사건은
여러분들께서 직접 보시고 만족하시기 바랍니다.
이 몸은 단지 날개달린 시간을
절뚝대는 발을 한 제 시행으로 급히 전하려 할 뿐입니다.
여러분들의 생각이 저와 함께 하지 않는다면,
저는 결코 그렇게 전해줄 수 없을 것입니다.
다이오나이자가 이제 나타납니다.
살인자인 레오나인을 데리고 말입니다.

퇴장

1장

타르서스. 바닷가의 어느 장소

다이오나이자와 레오나인이 들어온다.

다이오나이자 네가 한 맹세를 기억하여라. 하겠다고 맹세했으니.

그냥 한 대 내려치는 것뿐이야. 아무도 모를 거야.

세상에서 그렇게 빨리 해치우고는 그렇게 많은 이익을 가져다줄

일은 없을 거다. 차가와진 양심이, 네 가슴 속에다 사랑을 불태우면서

너무 좋은 식으로 불붙게 두지는 말거라.   5

여자들조차 내동댕이쳐버리는 그 동점심이

너를 녹여버리지 않게 하고, 네 목적에 맞게 군인처럼 굴어라.

레오나인 분부대로 하겠습니다. 하지만 훌륭하신 분인지라.

다이오나이자 그러니 더 적합하지. 신들도 데리고 있고 싶을 테니 말이다.

자 여기 그 아이가 유모의 죽음을 슬퍼하며 울면서 오는구나.   10

결심은 되었겠지?

레오나인 네, 작정했습니다.

꽃바구니를 들고 마리나가 들어온다.

마리나 아, 대지의 여신 텔러스에게서 잡초를 빼앗아서라도

유모의 무덤 위에 꽃으로 수놓아 줄 거예요. 노란 꽃, 파란 꽃,

15 자줏빛 바이올렛과 금잔화가

카펫처럼 유모 무덤 위에 걸려있을 거야.

여름날이 계속되는 동안에는 말이야. 아! 불쌍하기도 하지,

폭풍 속에서 태어나, 어머니는 돌아가시고,

이 세상은 내게는 끝없이 계속되는 폭풍우 같아.

20 내 친구들에게서 날 휘날려 버리면서 말이야.

다이오나이자 아, 이런, 마리나 아니냐! 왜 혼자 있느냐?

어찌하여 내 딸이 함께 있지 않느냐?

슬퍼하며 혈기를 써버리지 말거라.

내가 너의 유모라고 생각하렴. 이런,

25 이 소득도 없는 슬픔으로 네 모습이 얼마나 변해버렸는지!

자, 꽃은 내게 다오, 바다가 망쳐놓기 전에 말이다.

레오나인과 산책 좀 하거라. 여기는 공기가 신선하니,

위도 자극해서 식욕을 북돋아 줄 거야. 자,

레오나인, 팔을 부축해드리고, 모시고 함께 산책하여라.

30 **마리나** 아니, 괜찮아요. 하인을 빼앗지 않을래요.

다이오나이자 자, 자,

난 네 부친이신 왕과 너를 사랑한단다.

남 이상으로 말이다. 우리는 매일

이곳에서 그분을 뵙게 되기를 기대하고 있어. 혹 그분이 오셨다가

35 온갖 소문에 우리의 귀감이 되는 인물이 이렇게 시들어버린 걸 보시면,

자신이 그 엄청난 항해 길에 오르신 걸 후회하실 거야.

나와 내 남편을 책하시며, 너를

극진히 돌봐주지 않았다고 탓하시겠지, 자, 부탁이니,

산책을 좀 하고, 그래서 다시 활달해지려무나.

젊은이나 노인네를 막론하고 만인의 이목을 끌었던　　　　　40

그 훌륭한 안색을 지키고 있어야지. 나는 신경 쓰지 말거라.

혼자 돌아갈 수 있으니.

마리나 네, 그렇게 할게요.

하지만 그러고 싶은 마음은 없어요.

다이오나이자 자, 자, 내가 알기로는 너한테 좋을 거다.　　　　　45

레오나인, 최소한, 반시간 정도 산책하거라.

내가 한 말을 잘 기억하고.

레오나인 걱정 마십시오.

다이오나이자 자, 공주야, 얼마간 떨어져 있어야겠다.

부디, 조심히 걷고, 네 피가 달구어 오르지 않게 해라.　　　　　50

이런! 널 잘 보살펴줘야겠구나.

마리나 감사드립니다.

다이오나이자 퇴장한다.

지금 부는 바람이 서쪽에서 불어오는 바람이냐?

레오나인 남서풍입니다.

마리나 내가 태어났을 땐, 북풍이 불었단다.　　　　　55

레오나인 그러셨나요?

마리나 유모 말로는, 아버지께서는 결코 두려워하시지 않으셨대.

그리고 수부들에게 '여봐라 수부들!'하고 외치셨고,

그분의 손이 벗겨지는 것도 모른 채, 밧줄을 잡아 당기셨다더군.

60　　　돛대에 꽉 매달리셔서

갑판을 거의 부숴버리는 바다를 견뎌내셨다더구나.

레오나인 그게 언제였는데요?

마리나 내가 태어났을 때

파도도 바람도 그보다 더 난폭했던 적이 없었지.

65　　　줄사다리로 올라가고 있던 수부가 파도에 씻겨 나가버렸대,

'이봐! 자네 떨어졌나?'라고 한 명이 말했고,

몸이 홀딱 다 젖은 채 열심히 그들은 배 앞쪽 뒤쪽으로 뛰어 다녔대.

갑판장은 호각을 불고, 선장은 고함질러대면서,

혼돈 상태가 세 곱절이나 되었다더군.

70　**레오나인** 자, 기도를 하시지요.

마리나 무슨 말이지?

레오나인 기도할 시간이 좀 필요하시면,

드릴게요. 기도하세요. 하지만 장황하게는 하지 마세요.

신들께서는 잘 들으시고, 저도

75　　　제 일을 서둘러 마치기로 맹세했으니까요.

마리나 왜 날 죽이려는 것이냐?

레오나인 마님을 기쁘게 해드리려고요.

마리나 날 왜 죽이려고 하시는데?

지금, 내가 기억하는 바로는, 진정,

80　　　내 평생 그분께 잘못이라곤 일체 하지 않았는데.

욕도 하지 않았고, 살아있는 어떤 생물에게도

나쁜 짓을 하지 않았건만. 믿어줘,

쥐 한 마리도 죽이지 않았고, 파리 한 마리도 해치지 않았어.

어쩌다가 나도 모르게 벌레를 밟게 되었을 때도,

그 벌레를 위해 울기까지 했었는데. 어떻게 내가 잘못을 범했다

   는 거지? 85

내 죽음이 그분께 어떤 이득이 되지도,

내가 살아 있는 게 그분께 어떤 위험도 되지 않는데?

레오나인 제 임무는

행동의 이유를 따지는 게 아니라, 그냥 행하는 겁니다.

마리나 너는 절대 그런 일을 하지 않을 거야. 바라건대. 90

생기기도 잘 생겼고, 네 얼굴은 네가

다정한 마음을 갖고 있다는 걸 보여주거든. 최근에 너를 보았는데,

싸우고 있던 두 사람을 떼어 놓으려다 다치기까지 했잖아.

정말이지, 네 품성을 잘 보여주었어. 지금도 그렇게 해봐.

네 주인은 내 목숨을 원하지만, 너는 그 사이에 있으니, 95

더 약하고, 불쌍한 나를 구해줘.

레오나인 저는 맹세했습니다. 그리고 해치울 겁니다.

마리나를 붙잡는다.

해적들이 들어온다.

해적 1 꼼짝 마, 불한당 같은 놈!

레오나인이 달아난다.

해적 2 횡재다! 횡재야!

100 **해적 3** 이 봐 여보게들, 반씩 나누세, 반씩 나누자고.

자, 빨리 그 여자를 배에 태우세.

마리나와 함께 해적들이 퇴장한다.

레오나인이 다시 들어온다.

레오나인 이 악당 도둑놈들은 해적 두목 발데즈의 부하들인데.

그놈들이 마리나 공주를 붙잡아 갔군. 내버려 두자.

돌아올 가망성은 없으니. 공주가 죽었고,

105 바다에다 던졌다고 말해야겠다. 하지만 좀 더 지켜봐야겠다.

아마도 그 놈들은 야욕을 채우려 들 테고,

배에 태워 데려가지 않을지도 모르지. 놈들이 겁탈한 다음

공주가 여기 남겨지게 되면, 내가 죽여야만 하겠군.

퇴장한다.

2장

미틸리니. 사창가의 어느 방

포주와 포주댁, 보울트 등장한다.

포주　보울트!

보울트　네, 나리?

포주　가서 장터를 한번 샅샅이 뒤져 보거라. 미틸리니가 난봉꾼들로
　　　가득한데도 말이지. 너무 아가씨가 뜸해서 우리가 이번에 입게
　　　된 손해가 무지막지하거든.　　　　　　　　　　　　　　　5

포주댁　이렇게까지 아가씨가 없는 경우는 없었는데. 고작 별 볼일 없는
　　　애들 셋뿐인데다, 할 수 있는 그 이상은 할 수도 없는 형편이니.
　　　게다가 계속 굴려댔더니 거의 썩어문드러진 상태나 다름없어.

포주　그러니 새로운 계집들을 구해 보자구. 돈이 얼마나 들든 간에 말
　　　이야. 무슨 업종이건 간에 양심적으로 하지 않으면, 절대 번창하　10
　　　지 않는 법이거든.

포주댁　정말 말씀 잘 하셨수. 불쌍한 사생아를 키워가지고 될 것 같지도
　　　않고—내 짐작으로는, 대략 열 하나는 키운 것 같은데—

보울트　맞습니다요. 열 하나까지는 그랬습죠. 그러고는 고것들한테 매춘
　　　을 시켰지요. 헌데 가서 장터를 좀 뒤져볼까요?　　　　　15

포주댁　그거 말고 뭐하게, 이 사람아? 데리고 있는 물건들은, 강한 바람이라

도 불면 모두 산산조각 나버릴 거야. 지독히도 매독에 걸려있으니.

포주 정말 말 한번 잘했소. 양심상, 걔네들은 너무 병들어 있어. 가엾은 트란실베니아 사내는 그만 죽었잖소. 저 조그만 물건하고 자고 나서 말이야.

보울트 그렇습죠. 어찌도 빨리 감염시켜 버리는지. 그 작자를 구더기 먹일 불고기감이 되게 했으니. 여하튼 가서 장터를 뒤져 보겠습니다요.

퇴장한다.

포주 3, 4천 체퀸만 있으면 그냥 조용히 살 수 있을 텐데. 이런 일도 그만 두고 말이지.

포주댁 그만 두기는 왜 그만 둬요? 늙어서 돈 버는 게 뭐 그리 부끄러운 일이라고?

포주 임자, 우리가 돈벌이하는 이런 식으로는 신용을 못 얻지. 둘은 서로 어울리지 않으니까. 그러니, 젊은 시절에 충분히 벌어 놓을 수 있었으면, 이 사업을 접는 것도 나쁘지는 않을 거요. 게다가 신들하고의 관계도 엄청 껄끄러운 게 이 일을 그만 접어버리기에 좋은 이유잖소.

포주댁 아서요, 다른 부류도 우리처럼 나쁜 짓들을 하고 있는데요 뭐.

포주 우리처럼이라니! 아니, 좀 더 낫겠지. 우리는 더 지독하게 하는 거고. 우리 업종은 직업이라고 하기에는 좀 그렇지. 천직이 아니 잖소. 아 여기 보울트가 오는군.

보울트가 해적들과 마리나와 함께 다시 들어온다.

보울트 [마리나에게] 이쪽으로 오시게. 이보시오들, 이 아가씨가 분명 처녀
라고 했겠다?

해적 1 그렇소. 틀림없다구.

보울트 나리, 이 물건을 놓고 흥정 중인뎁쇼.
마음에 들면, 하시죠. 맘에 안 들면, 내 보증금은 날리는 거굽쇼.

포주댁 보울트, 그 아가씨가 자질은 있는 게냐?   40

보울트 얼굴도 예쁘고, 말도 잘하고, 게다가 옷도 멋들어지게 좋은 옷을
걸치고 있습지요. 이 아가씨를 마다할 더 이상의 자질은 필요 없
어 보이는뎁슈.

포주댁 그 아가씨 몸값이 얼마라는데, 보울트?

보울트 천장짜리 한 장 그 아래로는 한 푼도 못 깎는다고 합니요.   45

포주 자, 따라 오시게. 이보게들. 돈은 당장 줄 테니. 임자,
그 아가씨를 데리고 들어가서 무슨 일을 해야 하는지 잘 가르쳐둬.
손님 접대에 서툴어서는 안 될 테니.

포주와 해적들 퇴장

포주댁 보울트, 그 아가씨를 잘 보아둬. 머리 빛깔, 안색, 키, 나이하고
처녀성에 대한 보증서도 함께 말이야. 그리고 고함지르면서 다녀   50
보라구. '최고로 돈을 많이 내는 자가 아가씨를 먼저 차지할 거
다'라고. 그런 숫처녀는 값이 좀 나갈 텐데. 사내들이 그전 같기
만 하다면 말이야. 가서 일러준 대로 하거라.

보울트 예, 분부대로 하겠습니요.

55 **마리나** 아아 레오나인이 그토록 천천히, 꾸물대다니!

그냥 내리쳤어야 했었는데, 말이나 하고 있지 말고. 아님 그 해적들이
더 야만적으로 나를 배 밖으로 집어던졌어야 했어.

어머니를 찾을 수 있게 말이야!

포주댁 예쁜이, 왜 한탄하고 있는 거야?

60 **마리나** 예쁜 걸 한탄하고 있어요.

포주댁 자, 신들이 제 역할을 해준 거지.

마리나 신들을 탓하지는 않아요.

포주댁 이제 내 수중에 들어왔으니, 여기서 지내는 걸 좋아해야 할 걸.

마리나 내 잘못이 더 크네요.

65 내가 죽는 걸 원했을 그 사내의 수중에서 도망쳐 나온 것이.

포주댁 그래도, 즐겁게 지내게 될 거야.

마리나 아뇨.

포주댁 그럴걸. 두고 봐, 그럴 테니. 온갖 종류의 사내놈들을 맛보면서
말이지. 아가씬 잘 지낼 거야. 온갖 다른 낯빛을 갖게 될 테니. 뭐

70 야! 귀를 틀어막는 거야?

마리나 댁이 여자인가요?

포주댁 그럼 무엇이었으면 좋겠어, 여자가 아니면?

마리나 정숙한 여자요. 그렇지 않으면 여자가 아니지요.

포주댁 무어라, 이게 어디 채찍 맛을 보려고, 이 풋내기가. 아무래도 손 좀

75 봐 줘야 될 듯싶구나. 자, 바보 멍청이 같은 애숭이 같으니라고, 내

가 원하는 대로 고분고분해줘야만 하겠어.

마리나 신들이시어, 저를 지켜주소서!

포주댁 지켜주더라도 사내놈들이 지켜주게 할 테니, 그렇다면 사내놈들
이 네게 위안을 주고, 사내놈들이 널 먹여주고, 사내놈들이 널 흥
분시켜야겠구먼. 보울트가 돌아오네.   80

보울트가 다시 들어온다.

자, 그래, 장터에다가는 큰 소리로 이 아가씨 이야기를 해놨겠지?

보울트 그 아가씨 머리카락 숫자에 육박할 만큼 고함지르고 다녔습죠.
내 목소리로 그 아가씨 모습을 그려줬습니다요.

포주댁 그래 어디 이야기 한번 해 봐, 사람들 반응이 어떤 것 같던지? 특
히 젊은 것들 반응 말이야?   85

보울트 정말이지, 지들 아비 유언장을 듣고 있는 것 마냥 경청하더라굽쇼.
스페인 놈 하나는 입에서 침을 질질 흘리더니, 그 아가씨를 묘사
해준 걸 듣기만 하고서도 이미 침대에 갔다 왔을 정도였습죠.

포주댁 내일 그 작자가 제일 좋은 옷으로 멋드러지게 차려 입고 이리로
나타나겠군.   90

보울트 오늘밤 일겁니다요. 오늘밤. 그런데, 마님, 그 겁쟁이
프랑스 기사 양반 아시나요?

포주댁 누구, 머슈 베롤레?

보울트 맞습니다요, 그 양반. 소인이 알려주는 소리를 듣고는 깡충깡충
뛰려 들더군요. 헌데 그러다가 신음 소리를 내고 내일 그 아가   95
씨를 보러 오겠다고 약속했습지요.

포주댁 좋아, 좋아. 그 양반으로 말하자면, 여기다 병을 옮겨놓은 작자야. 이제 여기 와서 고쳐야 하겠지. 내가 알기로는 그 양반은 우리 그림자 한복판에 와서 햇빛에다 자기 돈다발을 뿌려놓고 갈 걸.

100 **보울트** 뭐, 이러다 각국에서 온 여행자를 받게 된다면, 이 간판으로 여관이라도 차려야 할 판이겠습니다요.

포주댁 [마리나에게] 이것 봐, 이리 좀 와 봐. 이제 돈뭉치가 아가씨에게 올 거야. 내 말 잘 들어 봐. 흔쾌히 할 그 짓을 두려워하는 척 하면서 해야 되는 거야. 가장 많이 얻어낼 수 있는 곳에서는 오히려 이익
105 을 경멸하는 척 해야 하거든. 기구한 인생에 대해 눈물을 짜내 애인한테서 동정심을 유발시켜야 한다구. 그런 동정심이 호감을 갖게 해주고, 그런 호감이 있으면 그냥 이득이 생기는 거지.

마리나 무슨 말씀이신지 모르겠어요.

보울트 이런, 데리고 가서 좀 쉽게 일러주십쇼, 마님, 데리고 갑쇼. 이렇게
110 얼굴 붉히는 것도 몇 번 해보면 사그라져버리기 마련이거든요.

포주댁 정말, 자네 말이 맞는 소리야. 그럼 그래야지. 하긴 색시도 보증서를 갖고 떳떳하게 하는 일인데도 남부끄러워 하면서 가니까 말이야.

보울트 정말이지, 몇몇은 그러지만, 또 안 그런 사람도 있습지요. 하지만, 마님, 이렇게 연결시켜드렸으니, 뭐 좀 떨어지는 게 있어야—

115 **포주댁** 고기 꼬치에서 살점 한 덩어리는 떼 줄게.

보울트 그렇게 하셔얍죠.

포주댁 누가 마다하겠나? 자, 젊은 아가씨, 이리 와봐, 옷 입은 게 마음에 드는군.

보울트 아, 그렇다면, 아직 옷은 안 갈아입는 게 낫겠구먼요.

포주댁 보울트, 가서 말해주겠나. 우리가 누구를 데리고 있는지 알려주 120
게나. 고객들한테 손해 볼 게 없을 테니 말이야. 자연이 이 물건
을 만들었을 때, 필시 자네한테 좋게 보상해주려 했어. 그러니 어
디 가서 이 아가씨가 얼마나 대단한지 일러주고, 자네 그 보고로
덕 좀 한번 보라구.

보울트 마님, 확실히 그럽죠. 천둥도 이만큼이나 뱀장어들을 깨워 제 잠 125
자리에서 나오게는 못합죠. 소인이 그 아가씨 미모를 광고하고
다녀서 호색한들을 흥분시키는 것만큼 말입죠. 오늘밤이라도 몇
놈 데리고 오겠습니다요.

포주댁 자, 이리 오시지. 따라 오라구.

마리나 불은 뜨겁고, 칼들은 날카롭고, 바다는 깊은 한,   130
난 순결을 꼭 지켜낼 거야.
다이아나 여신이여, 제 결심을 도와주소서!

포주댁 다이아나 여신하고 우리가 무슨 상관이야? 자 이봐, 같이 가야지?

모두 퇴장한다.

3장

타르서스. 클레온의 저택의 어느 방

클레온과 다이오나이자가 들어온다.

다이오나이자 뭐예요, 그렇게 바보예요? 그게 없던 일이 될 수 있겠어요?

클레온 오, 다이오나이자. 그와 같은 살인은

해도 달도 본 적이 없소!

다이오나이자 당신은 다시 아이같이 구는 것 같군요.

5　**클레온** 내가 이 광활한 온 세상의 주인이고

그 소행을 되돌려놓을 수만 있다면 전부를 다 주어버릴 텐데. 오 부인,

미덕만이 아니라 혈통에서도 뒤떨어지지 않고,

공평하게 비교해도 지구상의 어떤 왕과도 버금갈 그런 공주였건만.

오 레오나인 이 악당 같은 놈이,

10　　그놈도 당신이 역시나 독을 먹였지.

그 독을 가지고 당신이 건배를 하고 마셨다면

당신이 한 짓에 어울리는 행동이었을 텐데. 대체 무슨 말을 할 수

있겠소?

고귀하신 페리클레스가 자기 자식을 찾으러 오신다면?

다이오나이자 죽었다고 해야지요. 양육자는 키워주는 거지

15　　언제나 목숨을 지켜줘야 할 운명은 아니지요.

밤중에 죽었다고. 그렇게 말할 거예요. 누가 이의를 제기하겠어요?

당신이 경건하고 죄 없는 자의 역할을 자청하고 나서서

정직한 사람이라는 평판을 얻기 위해

'사악한 음모로 죽었나이다'라고 말하며 나서지 않는 한은 말이에요.

클레온 오, 이런. 됐소, 됐어. 20

하늘 아래 자행된 온갖 악행들 가운데, 신들은

이 일을 최악으로 여길 것이오.

다이오나이자 그럼 그런 사람들 중 하나가 되시든지요.

타르서스의 조그마한 굴뚝새가 여기서 날아가서

페리클레스 왕에게 이일을 알려줄 거라고 생각하는 자들 말이에요. 25

정말 부끄럽군요. 당신이 무슨 고귀한 혈통인지

얼마나 비겁한 인물인지 생각하니 말이에요.

클레온 그와 같은 소행에는

주되게 동의하지는 않았다 할지라도

본인의 허락이 더해진 자라면, 30

명예로운 혈통이 아닌 법.

다이오나이자 그렇다면, 그렇게 되시지요. 하지만 당신 말고는,

아무도 알아서는 안돼요. 어떻게 죽게 되었는지.

아무도 알 수도 없어요. 레오나인은 이제 죽었으니까요.

그 아이는 내 자식을 멸시 받게 만들었고, 35

내 자식과 내 자식의 행운 사이에 가로막고 서 있었다구요.

아무도 내 자식은 보지도 않고, 모두들 마리나의 얼굴에만 시선을

두었지요. 우리 자식은 조롱받고, 인사 받을 가치도 없는 여자처럼

여겨졌어요. 그게 내 가슴을 아프게 만들었다구요.

40 　　　　내가 한 일을 도리에 어긋난 짓이라고 하지만,

　　　　당신이야말로 제 자식을 제대로 사랑한 게 아니에요. 하지만 난

　　　　하나뿐인 내 딸을 위해 저지른 당연한 애정에서 비롯된 일로

　　　　합당하다고 생각해요.

클레온 오 하늘이시여, 용서하소서!

45 **다이오나이자** 게다가 페리클레스 왕의 경우, 그 분이 무슨 말을 하겠어요?

　　　　우리는 그 아이의 영구차 뒤를 따라가며 울기도 했고 애도도 했는데.

　　　　그 아이의 묘석도 거의 마무리 되었고, 비문은 번쩍이는

　　　　금박 글씨로 백성들이 그 아이를 칭송하는 이야기와

　　　　우리가 얼마나 신경을 썼는지 보여줄 테고

50 　　　　비용도 우리가 내서 다 했는데요.

클레온 하피[18]같은 여자 같으니.

　　　　천사 같은 얼굴을 하고는 배신을 저지르며

　　　　독수리의 발톱을 가지고 잡아채버리다니.

다이오나이자 당신이야말로 미신에 사로잡혀 겨울에 파리가 죽는 일로도

55 　　　　신들에게 맹세하면서 자기 죄가 아니라고 할 그런 작자에요.

　　　　하지만 당신은 내가 시킨 대로 하실 거라는 거 알아요.

　　　　　　　　　　모두 **퇴장한다.**

---

18. 신화적 존재로 여자의 얼굴과 몸통에 새의 날개와 발을 지니고 있다.

4장[19]

코러스

가우어가 등장하고, 타르서스에 있는 마리나의 묘비 앞이다.

가우어 이와 같이 우리는 시간을 건너 띄고, 가장 긴 거리를 단축합니다.
조그만 조개 모양의 배를 타고 바다를 항해하고, 그 소망을 이룹니다.
여러분의 상상력을 동원하여,
이 국경에서 저 국경으로, 이 지역에서 저 지역으로 가십시오.
여러분들께서 양해해주셔서, 우리 연극의 장소로 나오는   5
여러 각국에서 하나의 언어만을 사용하고 있는 점에 대해
죄를 범하는 게 아니길 바랍니다. 소신에 대해서도 알아주시기를
부탁드리는데, 여러분들께 우리 이야기의 무대를 알려드리기 위해
그 틈새를 메워주는 게 제 직분이랍니다.
페리클레스는 이제 또다시 위험한 바다를 건너가고 있는 중입니다.   10
많은 신하들과 기사들을 수행한 가운데
일평생의 기쁨인 자신의 딸을 만나기 위해서 말입니다.
헬리카너스가 최근에 막강한 지위로 올려주어
연로한 에스카너스가 통치를 맡게 되었습니다. 여러분들께서는

---

19. 판본에 따라 장면분할이 다르다. RSC 판본의 경우, 이 부분을 4막 제2코러스로 처
리하고 있다.

연로한 헬리카너스가 함께 동행한다는 점을 유념해주시길 바랍니다.

순탄하게 항해하는 배들과 자비로운 바람 덕분에

마치 생각이 그의 항로 안내자인 것 마냥 빨리,

이 왕이 타르서스에 도착했습니다.

그리하여 그의 여행이 계속될 때 기억해주시기 바랍니다.

딸을 집으로 데려오기 위해서였지만, 하지만, 그 딸은 먼저 가버
　　렸지요.

그들이 티끌과 그림자 같이 움직이는 것을 잠시 지켜보시면,

제가 여러분의 귀가 눈과 일치하도록 해드리겠나이다.

무언극

*페리클레스가 한쪽 문으로 수행원들과 함께 들어온다. 클레온과
다이오나이자가 다른 문으로 들어온다. 클레온이 페리클레스에게
무덤을 보여주고, 거기서 페리클레스는 한탄을 하고, 삼베옷을
입는다. 그리고 극심한 슬픔 속에 떠난다. 그런 다음 클레온과 다
이오나이자가 퇴장한다.*

사악한 가식에 의해 신뢰가 어떻게 고통당하는지 보시라!

이 빌려 온 거짓 슬픔도 진정한 오래된 고통을 보여주는 듯하도다.
그리고 페리클레스는, 슬픔에 완전히 집어삼켜진 채,

한숨이 터져 나와 가슴에 박히고, 커다란 눈물방울들을 퍼부으면서

타르서스를 떠나 다시 배에 오릅니다. 그는 맹세합니다.

결코 얼굴도 씻지 않을 것이며, 머리카락도 자르지 않을 것이라고,

그리고 삼베옷을 두르고, 바다로 갑니다. 육신을 찢어버리는

그 마음속 폭풍우를 견뎌내고, 잘 빠져나왔습니다.   30

이제 여러분들은 알아주시기 바랍니다.

비문은 마리나를 위해

사악한 다이오나이자가 쓴 것이라는 걸.

　　　　마리나의 무덤에 새겨진 비문을 읽는다.

"가장 아름답고, 사랑스러우며 훌륭한 이가 여기 누워있도다.

인생의 봄 같은 나이에 시들어 버린 채.   35

그녀는 타이러스의 왕의 딸이었고,

사악한 죽음이 이런 살인을 가져왔도다.

그 이름은 마리나였으며, 태어날 때,

테티스[20]가 교만한 가운데, 대지의 일부를 삼켜버렸노라.

그리하여 그 대지는 바다가 넘쳐 날까봐 두려워하여   40

테티스가 낳은 자식을 하늘에 보내고 말았도다.

그래서 그녀는 결코 멈추지 않으리라 맹세하며

해안가 암석을 격분하여 두드려대는도다."

어떠한 가면도 감미롭고 부드러운 아첨만큼이나

시커먼 악행과 잘 어울리지는 않을 것입니다.   45

페리클레스는 자신의 딸이 죽었다고 믿게 그대로 두고,

---

20. 바다의 요정

그의 행로는 운명의 여신의 명을 받도록 그대로 두십시다.

우리 연극 장면은 그의 딸의 비탄과 거룩하지 못한 일을 해야 하는 슬픔에 가득한 한탄을 보여줘야만 하겠습니다.

그렇다면, 인내심을 가지시고,

이제 여러분들이 모두 미틸리니에 계시다고 생각해 주시기 바랍니다.

퇴장한다.

5장

미틸리니. 사창가 앞의 길거리

사창가에서부터 두 신사가 들어온다.

신사 1 자네 저런 이야기 들어본 적 있는가?

신사 2 아니, 이런 장소에서는 절대 다시는 못들을 이야기지. 그 아가씨
가 일단 떠난다면 말이야.

신사 1 신에 대한 설교를 여기서 듣게 되다니!
그런 일을 꿈이라도 꾸어본 적 있나?

신사 2 아니, 전혀. 자, 난 이제 더 이상 사창가에는 안 맞네.
수녀님들 노래나 들으러 가겠나?

신사 1 이제 뭐든지 고결한 일을 할 걸세. 그리고 오입질은 이제 영원히
그만둘 거라네.

모두 **퇴장한다.**

6장

사창굴의 어느 방

포주, 포주댁 그리고 보울트가 들어온다.

포주 아, 물릴 수만 있다면 그 년 때문에 들인 돈 곱절이라도 줘버리겠어. 여기 절대 발을 들여놓지 못하게 했어야 했는데.

포주댁 쳇, 빌어먹을 년! 프리아푸스 신[21]마저도 꽁꽁 얼어붙게 만들고 대대손손 전부 씨를 말려놓을 판이구먼. 겁탈을 해버리든지, 아니면 치워버리든지 해야겠어. 손님들을 위해 제 기구를 사용하고 내 밑에서 일하는 고용인으로 내 말에 고분고분해야 하는데, 고년이 엉뚱한 말을 해대면서 이치를 따지고 들고, 그 대단한 이치 말이야, 기도를 하고, 무릎을 꿇는다 말이야. 악마마저도 키스 한번 하러 왔다가는 그만 그 년이 청교도로 만들어 버릴 판이야.

보울트 정말. 겁탈을 하든 해야지. 안 그랬다간 이 집에 오는 기사들을 죄다 빼앗아가고, 욕쟁이들도 전부 사제로 만들 지경이니.

포주 젠장, 날 위해서라도, 새파란 고년이 매독에라도 걸려버려라!

포주댁 정말이지, 매독 말고는 없앨 방법이 없겠구먼. 저기 라이시마커스 경이 변장한 채 오시네.

보울트 그 고집쟁이 몸뚱이가 손님들에게 고분고분하게만 따라준다면,

---

21. 다산과 색욕의 신

귀족들이고 악당들이고 별의별 손님들이 다 올 텐데.

라이시마커스가 등장한다.

라이시마커스 잘들 있었나! 숫처녀 한 다스는 있겠지?

포주댁 아이구, 나리, 안녕하십니까요!

보울트 건강이 좋아보이셔서 기쁩니다요.

라이시마커스 그러시겠지. 자네 단골들이 튼튼한 다리로   20
서 있는 게 자네들한테도 더 좋을 테니. 자 어떤가!
건강하게 죄 지어도 될 아가씨들 있는가? 나중에 의사한테
찾아갈 필요가 없는 그런 아가씨들 말이네.

포주댁 나리, 한 명이 있긴 한데, 그 아가씨가 하려고만 들면 말입니다—
그런데 미틸리니에 그런 아가씨는 절대 없었지요.   25

라이시마커스 자네 말은, 그 음침한 짓을 하려든다면이라는 소린가.

포주댁 네. 나리, 잘 아시고 말씀 잘하셨습니다.

라이시마커스 좋아, 불러오게, 불러와 봐.

포주가 나간다.

보울트 나리, 피와 살로 이루어진 하얗고 분홍빛에, 한 떨기 장미꽃을 보
시게 될 겁니다요. 실로, 한 떨기 장미꽃입죠, 하기만 한다면요—   30

라이시마커스 무슨 소리인가?

보울트 오, 나리, 그냥 예를 차려야겠습니다요.

라이시마커스 그러니 포주의 명성에 권위를 부여해주는군. 정숙하려는

많은 사람들에게 좋게 말해주는 것에 못지않게 말일세.

보울트가 나간다.

35 **포주댁** 자, 여기 오네요. 가지에 붙어있으면서 아직 꺾지
않은 아가씨죠. 제가 보장합니다요.

보울트가 마리나와 함께 다시 들어온다.

정말 예쁜 아가씨 아닙니까?

라이시마커스 정말이군, 바다에서의 긴 항해 후에 대접받기에 딱이로군.
자, 여기 자네 몫일세. 이제 물러가보게나.

포주댁 나리, 잠시만 시간 좀 주세요. 한 마디면 됩니다요.

40 곧 끝날 겁니다.

라이시마커스 좋아, 그러시게.

포주댁 [마리나에게] 첫째. 이 점을 일러둬야겠는데, 이 나리는 훌륭한 분이
시다.

마리나 그런 분이시기를 바래요. 적절하게 존경을 표할 수 있을 분요.

45 **포주댁** 다음으로, 그 분은 이 나라의 총독이시라는 것과, 내가
신세를 많이 지고 있는 분이라는 거야.

마리나 그 분이 이 나라 총독이고, 그쪽이 정말 신세를 많이 지셨다고 해
서, 그거로는 얼마나 훌륭한 분이신지, 저야 모르지요.

포주댁 이봐, 더 이상 처녀 행세하며 울타리 쳐놓지 말고, 그 분한테
50 좀 친절하게 모셔줄래? 네 앞치마를 금으로 둘러줄 텐데.

마리나 감사하게도 그러실 거라면, 감사히 받을게요.

라이시마커스 자, 다 됐는가?

포주댁 나리, 아직 제대로 안됐어요. 원하시는 대로 굴게 하려면 고생 좀
하셔야 할 겁니다. 자, 그럼 이 아가씨랑 계시도록 이만 물러갑니
다요. 잘 해보십시오.   55

포주, 포주댁, 보울트가 퇴장한다.

라이시마커스 자, 예쁜 아가씨, 이런 장사를 한지 얼마나
오래 되었지?

마리나 어떤 장사 말씀이신지요?

라이시마커스 뭐, 이름을 거론할 수는 없다만, 기분 나쁘게 만들 테니.

마리나 전 제 장사로 기분 나빠할 수 없습니다. 그 이름을   60
말씀해보시지요.

라이시마커스 이 업종에 얼마나 오래 몸담고 있었지?

마리나 제가 기억할 수 있는 이후로 죽.

라이시마커스 그리도 일찍부터 했다는 말이냐? 다섯이나 일곱이었을 때
도 이렇게 놀았단 말이냐?   65

마리나 더 일찍부터였지요, 지금 저로 말하자면요.

라이시마커스 뭐, 아가씨가 몸담고 있는 이 집은 아가씨가 몸 파는 사람
이라는 걸 말해주는 건데.

마리나 그럼 이 집이 그런 부류의 장소라는 걸 아시고도, 이리 오셨다는
말씀이신가요? 훌륭한 분이시라고 들었는데요.   70
게다가 이곳의 총독이시라던데.

라이시마커스 뭐야, 내가 누군지도 아가씨 주인이 말했단 말이오?

마리나 제 주인이 누구신데요?

라이시마커스 그야, 자네 약초 키우는 여편네지. 수치와 죄의 씨앗과 뿌리를 만드는 그 여편네.[22] 오, 내 권력에 대해서는 들었단 말이로구나. 그런데 더 진지한 구애를 해보라고 그렇게 무뚝뚝하게 구는구먼. 허나 예쁜이, 분명히 일러두는데, 내 권위가 아가씨를 봐주거나 아니면 다정하게 바라보게 해주지는 않을 거다. 자, 좀 더 조용한 곳으로 가자. 자, 자.

마리나 훌륭한 태생이시라면, 지금 한번 보여주세요.

당신께 부여된 명예를 가지고 있다면, 당신이 그런 지위를

누릴 자격이 있다고 생각했던 사람들에게, 그런 판단이 옳다는

걸 보여주세요.

라이시마커스 이건 또 무슨 소리야? 이게 무슨 소리야? 좀 더 말해보거라. 현인같이.

마리나 저로 말하자면,

처녀랍니다. 가장 가혹한 운명이

이런 돼지우리 같은 곳에 있도록 만들었지만 말입니다.

제가 온 이후로, 이곳에서는 병이 약보다도 더 비싸게 팔리고 있더군요.

오, 신들이시여,

이런 건강치 못한 곳에서 저를 구해만 주소서!

가장 미천한 새로 바꾸어놓으셔도 좋습니다.

---

22. 씨앗과 뿌리에 함축된 성적인 의미를 가지고 말장난하고 있다.

더 깨끗한 공기에서 날 수 있을 테니까요!

라이시마커스 생각조차도 못했었다. 이렇게 좋은 말을 듣게 되리라고는.

아가씨가 그럴 수 있다는 건 꿈도 못 꾸었지.

내 비록 썩은 정신으로 이리로 왔다만,　　　　　　　　　95

그쪽의 말이 바꾸어 놓았구나. 자. 여기 금화를 받거라.

꿋꿋이 견뎌내서, 그와 같이 깨끗한 길로 계속 가거라.

신들이 강건케 해주시길!

마리나 선하신 신들의 가호가 있으시길!

라이시마커스 내가 이곳에 온 것은　　　　　　　　　100

나쁜 의도로 온 것은 아니라는 걸 알아주거라.

내게는 이곳 문과 창문만도 역겨우니.

잘 있거라. 아가씨는 미덕을 지닌 사람으로,

받은 교육이 훌륭한 것을 의심치 않는다.

자, 여기 금화를 더 주겠다.　　　　　　　　　105

아가씨에게서 그 선함을 강탈하려는 자는

저주받고, 도둑처럼 죽음을 당하길!

내게서 소식을 듣게 된다면, 그건 그쪽에게 좋은 일로 그럴 거다.

보울트가 다시 들어온다.

보울트 나리, 제게도 한 푼 주십쇼.

라이시마커스 저리 물러가거라, 이 빌어먹을 문지기 놈!　　　　　　　110

네 놈 집은 이런 처녀가 버티고 있지 않다면,

무너져 내려 네 놈을 덮쳐버릴 것이다. 물러가거라!

나간다.

보울트 이게 어찌 된 일이지? 네년한테 다른 식으로 방도를 취해야만 하
겠군. 네년의 그 빌어먹을 고집스러운 순결이, 이 하늘 아래 제일
싸구려 나라에서 먹는 아침 값만큼의 가치도 없는 그걸로, 온 집
구석을 망쳐버리겠구나. 차라리 내가 스파니엘 개처럼 거세당하는 게
더 낫지. 자 가자.

마리나 어디로 데려가는 건데요?

보울트 네 년 처녀성을 도려내 버려야겠다. 아니면 보통 사형 집행인이
처형시키든지. 자 어서와. 더 이상 사내놈들을 몰아내도록 그냥
내버려 두지는 않을 테다. 가자, 어서.

포주댁이 다시 등장한다.

포주댁 이봐! 어찌된 일이야?

보울트 마님, 점점 더 나빠지고 있습지요. 라이시마커스 각하한테도
거룩한 말들을 쏟아냈답니다요.

포주댁 오 이런 끔찍한 년!

보울트 우리 직업을 마치 신들 코앞까지
구역질나는 것처럼 만들어놓았습죠.

포주댁 뭐야. 그년 목을 매달아버려!

보울트 그 고귀한 분이 고귀한 분처럼 대해줬건만,
고것이 차가운 눈덩이 마냥 쌀쌀맞게 굴어 내쫓아 버렸습지요.
기도까지 하게 만들어서 말입니다요.

포주댁 보울트, 그 물건 치워버려. 자네 맘대로 하게. 순결이라는 그 유리
　　　같은 나부랭이를 박살내버리고, 전부 나긋나긋하게 만들어 놓아.

보울트 지금보다도 더 가시 돋았다 하더라도, 그냥 마구 갈아엎어 놓아
　　　버리겠습니다요.

마리나 아, 신들이시여, 들어주소서!　　　　　　　　　　　　　　135

포주댁 기도하고 있다니. 데리고 나가! 우리 집에 발도 못 들여놓게 했어
　　　야 했는데! 이런, 목이나 매달아버려! 우릴 쪽박 차게 만들려고 태
　　　어난 년 같으니. 딴 년들이 하는 식으로 안 하겠다는 거냐? 세상
　　　에, 썩을 것. 로즈마리에 월계수를 곁들인 순결한 요리 접시라니!

퇴장한다.

보울트 아가씨, 이리와. 나랑 같이 가자구.　　　　　　　　　　　140

마리나 어디로 데려갈 건대요?

보울트 그쪽이 그리도 소중히 여기는 보물을 빼앗아버리려는 거다.

마리나 제발, 한 마디만 먼저 말하게 해주세요.

보울트 좋아, 한 마디만.

마리나 당신은 원수가 뭐가 되길 바라세요?　　　　　　　　　　145

보울트 뭐, 그 자가 내 주인이거나, 아니면, 내 안주인이 되라고
　　　바라지.

마리나 그 중 어느 쪽도 당신만큼 최악은 아니에요.
　　　당신한테 명령을 내리니까요.
　　　당신은 지옥에서 가장 고통당하는 악당조차도　　　　　150
　　　그 평판에 있어 절대 안 바꾸려들 그런 직분을 가지고 있어요.

당신은 창녀를 찾아오는 온갖 더러운 악당들한테

문을 열어주는 문지기지요.

온갖 악당들이 격분하여 달려들 때면

155 귀 싸대기를 맞아야 할 처지구요. 당신이 먹는 음식은

더러운 폐에서 내뿜어나오는 그런 거예요.

보울트 나더러 어쩌란 말이야? 나더러 전쟁에라도 나가라는 소리야?

7년 동안이나 죽으라고 일하고 나서는 다리를 잃어버리고 그러

고 나서도 결국엔 목발 하나조차도 살 돈도 없는 처지가 되라는

160 소리야?

마리나 지금 하고 있는 일 말고 뭐든지 해보세요.

오래된 쓰레기통을 비우거나, 보통 바닷가에서 오물을 치우거나

평범한 사형집행인의 조수로 일해보세요.

이런 것 중 어느 것도 지금 하는 일보다는 더 나을 테니요.

165 지금 당신이 직업으로 삼고 있는 일은, 비비같은 동물조차도,

말만 할 수 있다면 자기보다 천하다고 할 거에요.

오, 신들이시여, 이곳에서 저를 안전하게 꺼내주소서!

자, 여기 이 금화를 줄게요. 당신 주인이 나를 이용해서 돈벌이를

할 작정이라면,

제가 노래도 부를 줄 알고, 뜨개질도, 바느질도 하고, 춤도 출 수 있고,

다른 여러 덕목들도 갖추고 있다고 말해줘요, 자랑은 하지 않을

170 게요.

그렇게 말해줘요. 이런 것들을 전부 가르치는 일을 할 수 있어요.

분명 이곳은 사람들이 많이 사는 도시이니

이것저것 배우고자 하는 사람들이 많을 거예요.

보울트 그런데 방금 말한 이런 걸 전부 가르칠 수 있겠나?

마리나 못한다고 판명되면, 다시 데리고 오세요.   175

그리고 당신 집을 들락거리는 가장 천한 남자한테

매춘부로 넘기세요.

보울트 좋아, 아가씨를 위해 할 수 있는 게 뭔지 알아보지. 자리를 줄 수

있으면, 그러지.

마리나 하지만 정숙한 여자들 가운데 있게 해주세요.   180

보울트 근데, 내 인맥으로는 그런 사람들 중에는 거의 없어서 말이야.

하지만 내 주인하고 안주인이 그쪽을 돈 주고 샀으니,

그 분들 동의 없이는 어쩔 수 없어. 그러니 그 분들한테

아가씨의 의사를 알려줄게. 그러면 분명 충분히

말귀가 통할 거야. 자, 내가 할 수 있는 걸 해보지.   185

어서 가자구.

퇴장한다.

5막

가우어가 등장한다.

가우어 우리의 이야기에 의하면, 이리하여 마리나는 사창가에서 벗어나,

점잖은 댁으로 가게 된답니다.

그녀는 여신과도 같이 노래 부르고,

그 사랑스러운 노래에 맞춰 여신과도 같이 춤을 추었지요.

5 박식한 학자들도 말문을 닫게 만들어버렸고, 바느질 솜씨는

꽃 봉우리며, 새며, 나뭇가지며, 열매며 자연의 모습 그대로 담아내,

그녀가 수놓은 것은 살아 있는 장미와 꼭 닮아 자매 같았고,

그녀의 린넨 실과 비단실은 루비 같은 앵두 열매와 쌍둥이 같았지요.

학생들도 훌륭한 가문들로

10 아낌없이 그녀에게 주었는데, 그녀가 번 것은

그 끔찍한 포주들에게 넘겨주었답니다. 이제 그녀는 이 정도로 두고,

그녀의 부친에게로 다시 생각을 돌려,

그를 남겨두고 떠났던 바다로 되돌아가 봅니다.

그곳에서 그는 길을 잃고 부는 바람 앞에 떠밀려,

15 딸이 살고 있는 이곳에 도착하게 되었습니다.

이 해안가에 이제 그가 닻을 내리고 있다고 상상해 보십시오.

이 도시는 바다의 신 넵튠을 기리는 연중 축제로 들떠 있었고,

라이시마커스가 값 비싼 장식을 단 검은 깃발을 내건

타이어의 배를 발견하고는

20 자기 배를 타고 열심히 그에게로 서둘러 갑니다.

여러분의 상상 속에 다시 한 번

슬픔으로 상심하고 있는 페리클레스의 모습을 떠올려 보십시오.

이것이 그의 배라고 생각하십시오.

여기서 극의 진행상 벌어지는 일이 좀 더 드러나게 될 것이니,

여러분들은 앉으셔서 귀 기울여 주시기 바랍니다.

퇴장한다.

1장

미틸리니에서 떨어진 페리클레스의 배의 선상.

갑판 위에는 큰 천막이 있고 그 앞에는 커튼이 쳐져있다. 그 안에 페리클레스가
긴 의자에 몸을 눕힌 채 있다. 타이어의 선박 옆으로 한 척의 배가 놓여 있다.

두 선원이 등장하는데, 한 명은 타이어의 선박 소속이고,
다른 한명은 다른 배 소속이다. 그들에게 헬리카너스가 온다.

타이어 선원 [미틸리니 선원에게] 헬리카너스 경은 어디 계신가요?

그분이 대답해주실 수 있으신데. 오, 여기 그분이 오십니다.

각하, 미틸리니에서 온 배가 한 척 있는데,

라이시마커스 총독이 타고 계십니다.

5　　　그 분께서 배에 오르시기를 원하십니다만. 어떻게 해야 할까요?

헬리카너스 그러시도록 하게나. 신사들을 좀 불러주게.

타이어 선원 이보시오, 신사분들! 경께서 부르십니다.

두서너 명의 신사들이 들어온다.

신사 1 부르셨습니까?

헬리카너스 여러분들, 귀하신 어떤 분이 배에 오르실 겁니다.

10　　　부디, 잘 접대해주시오.

신사들과 두 선원이 내려가고 바지선에 오른다.
그곳에서 라이시마커스와 귀족들이 등장하고, 신사들과 두 선원이 등장한다.

타이어 선원 각하,

궁금하신 점에 대해,

이 분께서 바로 답을 주실 분이십니다.

라이시마커스 안녕하십니까! 신의 가호가 있으시길!

헬리카너스 댁께서도, 저보다 더 장수하시고,   15

저의 소망처럼 명예로운 죽음을 맞으시길.

라이시마커스 호의에 감사드립니다.

해변가에서 머물며, 바다의 신 넵튠의 승리를 기념하다가,

이 훌륭한 선박이 저희 앞으로 오는 것을 보고,

서둘러 와보았습니다. 어디서 오신 분들이신지 알고 싶어서요.   20

헬리카너스 우선, 신분이 어떻게 되시는지요?

라이시마커스 저는 저 앞에 보이는 곳의 총독입니다.

헬리카너스 네, 저희 선박은 타이어에서 왔으며, 왕께서 타고 계십니다.

전하께서는 석 달 가량 어느 누구에게도 한마디도 하지 않으시고,

필요한 이상은 먹지도 않으시면서   25

슬픔을 연장하고 계십니다.

라이시마커스 그렇게 상심하시고 계신 이유가 무엇인지요?

헬리카너스 말씀드리자면 너무 장황해질 겁니다.

하지만 그 주된 슬픔은

사랑하는 딸과 아내를 잃게 되신 데서 비롯됩니다.   30

라이시마커스 제가 만나 뵐 수 있을 런지요?

헬리카너스 그러실 수야 있지만,

뵙더라도 소용없습니다. 누구에게도 한 마디도 안 하실 테니요.

라이시마커스 하지만 제 소원대로 해주십시오.

35 **헬리카너스** 자 보십시오. 이분은 훌륭한 분이셨습니다.

페리클레스를 보여준다.

어느 끔찍한 날 밤, 이분을 이런 상태가 되게 만든

그런 재난이 벌어지기 전까지는 말입니다.

라이시마커스 전하, 문안드립니다! 신의 가호가 있으시길!

전하께 문안드립니다!

40 **헬리카너스** 소용없으십니다. 말씀하시지 않으실 겁니다.

귀족 1 미틸리니에 처녀가 한 명 있는데, 감히 장담 드리는데,

전하께서 말씀을 하시도록 만들 겁니다.

라이시마커스 참 잘 생각해내셨소이다.

그 아가씨는 분명 그 감미로운 조화로운 음악과

45 그 외의 특별한 매력으로, 매혹시키고,

지금은 그 한 가운데에서 막혀있는

그분의 귀먹은 부분을 두드려 들리게 만들어 줄 겁니다.

그 아가씨는 모든 이들 가운데 가장 아름다운 만큼이나

온갖 좋은 품성을 지니고 있습니다.

50 그리고 동료 아가씨들과 함께 지금

이 섬의 측면에 인접한 숲에 있습니다.

귀족 한명에게 귓속말을 하고, 그는 라이시마커스의 배를 떠난다.

헬리카너스 분명, 전부 소용없을 겁니다. 하지만 회복이라는 이름과

연관된 것이라면 무엇이건 빠뜨리지 않고 전부 해볼 겁니다.

허나, 각하의 친절이 이렇게까지 신경써주시니, 부탁드리는데,

금을 드릴 테니, 식량을 좀 구해주셨으면 합니다.   55

아직은 부족하여 없는 것은 아니지만

오래된지라 신선도가 떨어져서 말입니다.

라이시마커스 오, 그와 같은 청을 거절한다면,

공평하신 신께서 식물 하나하나에 해충을 보내

이 나라를 괴롭히실 겁니다.   60

허나 다시 한 번 더

경의 왕 되신 분의 슬픔의 원인을

소상하게 알게 되기를 간청 드립니다.

헬리카너스 네, 앉으십시오. 자세히 이야기해드리겠습니다.

그런데, 보십시오. 누가 오네요.   65

바지선에서, 마리나와 젊은 여인을 한 명 데리고 귀족이 다시 들어온다.

라이시마커스 오, 여기 제가 부르러 보낸 아가씨가 왔네요. 자 어서 오시

지요, 아름다운 아가씨! 훌륭한 모습 아니십니까?

헬리카너스 멋진 여인이십니다.

라이시마커스 훌륭한 출신에 귀족 태생인 것만 확인되면

그보다 더 나은 선택은 없을 정도로,   70

제가 결혼하고 싶은 그런 여인입니다.

온갖 선함이 풍성하게 거하는 분, 아리따운 아가씨,

이곳에서, 왕이신 분이 환자이시니, 기대하시오.

당신의 자애롭고 솜씨 있는 능력이 어떻게든

75   그분으로 하여금 하는 말에 대답하시도록만 만들 수 있다면,

당신의 신성한 약에 대해

바라는 소원대로 다 보살펴 줄 것이요.

마리나 최선을 다해 그분께서 회복되시도록

기량을 발휘해 보도록 하겠습니다.

80   저와 함께 온 아가씨 이외에는 아무도

그분 가까이 오지 않도록만 해주세요.

라이시마커스 자, 우리는 물러가 있으십시다.

신들께서 성공하게 해주시길!

마리나가 노래한다.

라이시마커스 전하께서 당신 음악을 들으셨나요?

85 **마리나** 아뇨, 저희들을 거들떠보시지도 않으셨습니다.

라이시마커스 보세요, 전하께 말을 걸 겁니다.

마리나 안녕하세요, 전하! 한번 들어봐 주세요.

페리클레스 흠, 허.

마리나를 밀어낸다.

마리나 전하, 소녀는 한 번도 보아달라고 청해본 적도 없이

혜성을 보듯 늘 시선을 받아왔던 여자입니다.   90

아마도, 전하, 양쪽을 정당하게 저울에 달아본다면,

전하의 슬픔과 똑같을 정도의

슬픔을 견뎌냈던 사람입니다.

비록 가혹한 운명이 제 처지에 해악을 가했지만,

저의 태생은 막강한 왕들과 동등하셨던   95

조상들에게서 비롯되었답니다.

하지만 시간이 제게서 부모님을 앗아가 버렸고,

제가 노예 상태로 세상과 희한한 일들을 겪게

만들어버렸답니다. [방백] 그만 두어야겠구나.

하지만 내 뺨에서 무언가가 반짝거리고   100

내 귀에 속삭이는구나. '그분께서 말씀하실 때까지 가지 말라'하고.

페리클레스 나의 운명이라 — 부모라 — 좋은 태생이라 —

나와 똑같다니! — 그러지 않았더냐? 그렇게 말했느냐?

마리나 네, 전하, 그렇게 말씀드렸습니다. 제 태생을 말씀드리면

제게 함부로 대하시지 않으실 겁니다.   105

페리클레스 나도 그렇게 생각한다. 부디, 네 눈을 돌려 나를 보거라.

누구를 닮았는데 — 어느 나라 사람이더냐?

이곳 해안가 출신이냐?

마리나 아닙니다. 어떤 해안가 출신도 아닙니다.

허나 보통 사람들처럼 태어났고,   110

보이는 모습 그 이상은 아닙니다.

페리클레스 나는 비탄에 빠져 마음이 무거우니, 울음이 나올 것이다.

사랑하는 내 아내는 이 처녀 같았었지. 내 딸도

그와 같았었는데. 왕비의 높고 넓은 이마하며

115 한 치도 다르지 않는 그 키에, 지팡이같이 똑바른 모습에,

은방울 같은 목소리에, 눈은 보석과도 같고, 복스러운 눈꺼풀에

담겨있구나.

걸음걸이는 또 한 명의 주노 여신 같은데다,

말을 하면 할수록, 귀에 들려주는 그 소리에

더욱 굶주리고 배고파지게 만드는구나. 어디에 사느냐?

120 **마리나** 이 몸이 그저 낯선 이방인인 곳에서요. 갑판에서 보면

그 곳을 알아보실 수 있으십니다.

페리클레스 어디서 양육을 받았느냐?

어떻게 이런 재능을 얻게 되었지?

가지고 있기에 더욱 풍요롭게 만들어주는 이런 재능 말이다.

125 **마리나** 제 인생사를 말씀드리면, 거짓말처럼 보인 나머지

이야기 도중에 조롱받게 될 겁니다.

페리클레스 부디, 이야기 해 보거라.

아가씨에게서는 거짓은 나오지 않을 것이니.

정의의 여신 만큼이나 겸손하고, 왕관을 쓴 진리의 여신이

130 거하시는 왕궁으로 보이니까. 그대 말을 믿을 것이니,

불가능하게 보이는 사항들도

내 감각들이 그 이야기를 믿도록 하겠다. 정말

내가 사랑했던 사람을 닮았기 때문이다. 친구들은 누구더냐?

말을 하고 있지 않았더냐, 좀 전에 내가 밀쳐냈을 때 —

아가씨가 있는 줄 처음 알았을 때 말이다 — 훌륭한 태생이라고 135

했던 것 같은데?

마리나 그렇게 말씀드렸나이다.

페리클레스 부모에 관해 이야기해 보거라. 내 생각으로는

잘못하여 상처를 입도록 내던져져 왔고,

양쪽 모두 털어놓는다면, 140

그쪽의 슬픔이 나의 슬픔과 똑같을 거라고 생각한다 했던 것 같

은데.

마리나 그와 같은 말씀을 드렸습니다.

제 생각으로 분명 그렇게 보이는 것 이상은

말씀드리지 않았나이다.

페리클레스 아가씨의 이야기를 해 보거라. 145

네 것이 내가 견디는 것의 천분의 일만큼이라도 된다고 여긴다면,

그쪽이 사내이고, 나는 계집아이 같이 고난당한 셈일 거다.

허나 왕의 무덤들을 응시하는 인내의 여신상처럼 보이는구나.

극단적인 행위에도 미소를 지어보이고 있구나.

친구들은 누구였느냐? 150

어떻게 그들을 잃게 되었느냐? 이름은 무엇이냐, 사랑스러운 아

가씨?

이야기 해 보거라, 내 부탁이니. 자, 내 곁에 앉거라.

마리나 제 이름은 마리나입니다.

페리클레스 오, 나를 조롱하는구나.

155 진노하신 신이 너를 이리로 보내

세상이 나를 비웃게 만드시는구나.

마리나 전하, 고정하십시오.

아니면 여기서 그만 두겠나이다.

페리클레스 아니다, 참겠다.

160 거의 알지 못할 거다. 나를 얼마나 놀라게 만들었는지.

자신을 마리나라 부르면서 말이다.

마리나 그 이름은

권력을 가지셨던 분이 붙여주신 겁니다.

제 부친이시자 왕이신 분요.

165 **페리클레스** 무어라! 왕의 딸이라고?

그리고 마리나라 불린다고?

마리나 전하께서는 저를 믿으시겠다고 말씀하셨습니다.

하지만, 전하의 심기를 불편하게 해드리지 않으려면

여기서 끝내야 할 것 같습니다.

170 **페리클레스** 하지만 정말 피와 살을 가진 자가 맞느냐?

맥박은 뛰고 있는 거냐? 요정이 아니고?

움직여 보거라! 자. 계속 이야기 해 보거라. 어디서 태어났지?

왜 마리나라고 불리게 되었느냐?

마리나 마리나라고 불린 것은

175 제가 바다에서 태어났기 때문입니다.

페리클레스 바다에서! 어머니는 누구냐?

마리나 어머니는 왕의 따님이셨는데,

제가 태어나는 바로 그 순간에 돌아가셨습니다.

착한 유모 라이코리다가

종종 눈물 흘리며 이야기해주었지요.   180

페리클레스 오, 거기서 잠깐 멈추어라!

[방백] 이건 가장 희한한 꿈이로구나. 우울한 잠이

슬픔에 빠져있는 바보들을 조롱하는 그런 꿈 중에서도 말이다.

그럴 리는 없지. 내 딸은 땅에 묻혔는데.

그래서 어디서 키워졌느냐? 이야기를 좀 더 들어보자,   185

네 이야기 밑바닥까지. 그리고 절대 방해하지 않겠다.

마리나 조롱하시는군요. 믿어주세요, 그만 중단하는 게 좋겠습니다.

페리클레스 네가 이야기해주는 것의 한 마디 한 마디

모두 믿을 것이다. 하지만, 괜찮다면,

어떻게 이 지역으로 오게 되었느냐? 어디서 자랐느냐?   190

마리나 왕이신 제 부친께서 저를 타르서스에 남겨두고 떠나셨답니다.

그곳에서 지내다 잔인한 클레온과 그의 사악한 부인이

저를 살해하려고 들었지요. 그리고 악당을 시켜

살해를 시도했고, 그 자가 죽이려고 칼을 뽑았는데,

해적 일당이 나타나 저를 구해줬답니다.   195

그리고 미틸리니로 데리고 왔습니다. 하지만, 전하,

왜 이런 걸 물으시는지요? 왜 눈물 흘리시는지요?

어쩌면, 저를 사기꾼이라고 생각하실 지도 모르겠네요.

하지만, 정말, 저는 페리클레스 왕의 딸입니다.

선왕이신 페리클레스 왕이 계시다면요.   200

페리클레스 오 이런, 헬리카너스 경!

헬리카너스 전하 부르셨나이까?

페리클레스 경은 현명하고 훌륭한 조언가이며,

무엇에건 가장 현명한 자요. 할 수 있다면, 말해보구려.

205 이렇게도 나를 울게 만드는

이 아가씨가 누구이고, 누구일 것 같은지?

헬리카너스 소신은 모르겠나이다. 하지만

전하, 여기 미틸리니의 총독께서는

그 아가씨에 관해 훌륭하다고 말씀하셨습니다.

210 **라이시마커스** 그 아가씨는 부모에 대해서는 결코 말하지 않았습니다.

그런 질문을 받았을 때는

조용히 앉아서 울곤 했습니다.

페리클레스 오, 헬리카너스 경, 나를 한번 때려 봐주시오, 어서.

나를 칼로 한번 찔러봐주시오. 고통을 느끼는지 보게.

215 내게 몰려온 이 엄청난 기쁨의 바다가

내 육신의 해안가를 범람시키고,

그 감미로움 속에 빠져죽게 만들지 않도록 말이오. 오, 이리 오거라,

너를 태어나게 해준 바로 그 사람을 다시 태어나게 해준 너.

바다에서 태어나, 타르서스에서 묻혔으나

220 바다에서 다시 찾게 된 너! 오 헬리카너스 경,

무릎을 꿇으시오. 천둥이 위협하는 것만큼이나 큰소리로

거룩하신 신들께 감사드립시다. 이 아가씨가 바로 마리나라오.

네 어머니의 이름은 무엇이더냐? 그것만 말해 보거라.

그러면 진실은 그보다 더 충분히 굳건할 수는 없으니,

의심은 이미 잠들었다만 말이다. 225

마리나 먼저, 전하, 청하옵건데, 전하께서는 누구신지요?

페리클레스 나는 타이어의 페리클레스이다. 하지만 지금 말해 보거라.

물에 빠져 죽은 내 왕비의 이름을. 네가 말했던 그 나머지 부분에서는

너는 완벽하게도 왕국의 후계자이며

네 부친인 페리클레스의 또 다른 생명이니. 230

마리나 제 어머니의 이름이 타이사라면

더 이상 전하의 따님이 아닌 게 되는지요?

저의 어머니는 타이사로,

제가 태어난 그 순간에 세상을 떠나셨습니다.

페리클레스 아, 너에게 축복이 있기를! 일어나거라. 너는 내 자식이니라. 235

새 옷을 주시오. 헬리카너스 경, 내 옷을.

그 아이는 타르서스에서 죽지 않았소. 잔인한 클레온에 의해

죽을 뻔했지만 말이오. 이 아가씨가 모두 말해줄 것이오.

경이 무릎을 꿇으면, 바로 그 공주임을 잘 알게

증명해 줄 것이오. 이분은 누구시오? 240

헬리카너스 전하, 미틸리니의 총독이십니다.

전하의 침울한 상태에 대해 들으시고

전하를 뵈러 오셨습니다.

페리클레스 그대를 환영하오. 내 옷을 주시오.

눈앞에서 보고 있으니 거의 정신이 나가버릴 지경이로구나. 245

오 하늘이시여 제 딸을 축복하소서! 그런데, 들어 보거라, 무슨

음악이냐?

헬리카너스 경에게 말해주거라, 마리나야.

하나하나씩 그 분께 말씀드리거라. 아직은 의심하는 듯 보이니까.

얼마나 확실히 네가 내 딸인지 말이다. 그런데, 무슨 음악이지?

250 **헬리카너스** 전하, 아무것도 안 들립니다만.

페리클레스 아무것도 안 들리다니!

천체의 음악이로군! 들어 보거라, 나의 마리나야.

라이시마커스 그분 말씀에 반대하는 건 좋지 않습니다. 그냥 두시지요.

페리클레스 희귀한 음악이로구나! 들리지 않느냐?

255 **라이시마커스** 음악 말씀이신지요, 전하? 들립니다.

음악

페리클레스 천상의 음악이로다!

귀를 기울이게 만드는구나, 그리고 무거운 잠이

내 눈에 매달리는구나. 좀 쉬어야겠다.

잠이 든다.

라이시마커스 전하의 머리에 베개를 베어드리시고,

260 우리는 물러가도록 합시다. 자, 친구분들,

이 일이 제가 기대하던 대로 사실로 입증되면

여러분들을 오래 기억하겠소이다.

페리클레스를 제외하고 모두 퇴장한다.

다이아나 여신이 페리클레스에게 환영으로 나타난다.

다이아나 내 신전이 에피서스에 있도다. 그곳으로 서둘러 가거라.

그리고 내 신전에 제물을 바치거라.

그곳에서, 내 여사제들이 모두 함께 모일 때,   265

모든 사람들 앞에서,

바다에서 어떻게 아내를 잃게 되었는지 밝히거라.

그대의 딸의 고난과, 그대의 고난을 애도하도록,

큰소리로 이야기를 하고 소상하게 그들에게 반복해 주거라.

내가 명하는 대로 행하라. 그렇지 않으면 비탄 속에 살 것이다.   270

그대로 행하면, 행복할 것이니라. 나의 은빛 활에 걸고 맹세하노라!

깨어나거라. 그리고 꿈 이야기를 들려 주거라.

사라진다.

페리클레스 천상의 다이아나 여신이여, 은빛의 여신이여.

당신께 순종하겠나이다. 헬리카너스 경!

헬리카너스, 라이시마커스, 그리고 마리나가 다시 들어온다.

헬리카너스 전하?   275

페리클레스 내 의도는 타르서스로 가서, 그곳에서

배은망덕한 클레온을 치는 것이었소. 하지만

먼저 다른 일을 해야겠소. 에피서스를 향해

우리 돛을 올리도록 하시오. 조만간 그 이유를 알려주겠소.

[라이시마커스에게] 그대의 해안가에서 좀 쉬게 해주시겠소?

그리고 금을 드릴 테니 우리가 필요한 만큼

식량을 구해주시겠소?

라이시마커스 전하, 성의를 다해 그렇게 하겠나이다. 그리고 해안가에

오시면 제가 다른 소청이 있습니다.

페리클레스 다 들어드리리다. 내 여식에게 구애하는 일이라면,

보아하니 그대가 내 여식에게 훌륭하게 대해왔으니 말이오.

라이시마커스 전하, 팔을 좀 주십시오.

페리클레스 자, 가자, 마리나야.

모두 **퇴장한다.**

2장

에피서스에 있는 다이아나의 신전 앞

가우어가 등장한다.

가우어 자. 이제 우리의 모래시계도 거의 다 되었습니다.

조금만 더 이야기하고, 그런 다음 입을 다물겠나이다.

제 마지막 청으로, 이로써 제 소임은 끝나는 바,

여러분들께서 적절하게 상상해 주시기를 부탁드립니다.

왕을 대접하기 위해 미틸리니에서   5

어떤 행렬이 벌어지고, 어떤 묘기들과 볼거리가 있었는지,

어떤 노래들이 연주되었으며, 어느 정도 시끌벅적하게

총독이 준비하였는지 말입니다.

그리하여 그는 성공하였고,

아름다운 마리나와 결혼하도록 약속을 받았습니다.   10

하지만 다이아나 여신이 명한 대로

그의 재물을 바칠 때까지는 그전에 혼사를 치르는 것은

현명하지 않다고 판단했답니다. 그곳으로 향해 가게 되는

그 중간 부분은, 부디, 모두 생략하겠습니다.

깃털마냥 가볍게 순항하여   15

소원들이 원했던 대로 이루어졌으니.

에피서스에서, 신전과,
우리의 왕과 그의 일행을 보십시오.
그가 이리도 빨리 올 수 있었던 것은
여러분들의 고마운 그 상상력 덕분입니다.

퇴장한다.

3장

에피서스의 다이아나 신전

타이사가 재단 가까이 최고 여사제로 서 있다. 양쪽에 많은 처녀들이 있고,
세리몬과 다른 에피서스 주민들이 참여하고 있다.

페리클레스와 그의 일행이 들어온다.
라이시마커스, 헬리카너스, 마리나와 부인 한 명이 들어온다.

페리클레스   다이아나 여신이여! 그대의 명을 받들어 행하고자

이곳에 와서 소신이 타이어의 왕임을 고합니다.

제 조국에서 떠나와

펜타폴리스에서 아름다운 타이사와 결혼을 하였나이다.

바다에서 아기를 출산하다 아내는 죽었습니다. 하지만   5

마리나라는 딸아이를 세상에 있게 하였고, 오, 다이아나 여신이여,

아직 당신의 은빛 옷을 입고 있나이다.[23] 그 아이는 타르서스에서

클레온의 보살핌을 받았으나, 14세에

그자가 살해하려고 하였습니다. 하지만 그 아이의 더 나은 운명 덕에

미틸리니로 오게 되었습니다. 그 해안에서 항해하던 중,   10

그 운명이 이 아가씨를 우리 배에다 데려다 주었습니다.

그곳에서, 본인의 분명한 기억에 의해,

---

23. 다이아나 여신이 처녀로 은빛 옷을 입었기에, 다이아나의 은빛 옷을 입고 있다는
    것은 처녀로서의 순결을 지니고 있다는 의미이다.

자신이 제 딸임이 밝혀지게 되었나이다.

타이사 저 목소리와 저 모습은!

당신은, 당신은― 오 페리클레스 왕!

기절한다.

페리클레스 저 사제가 무슨 일이지? 저러다 죽겠구나! 이봐요, 여러분들!

세리몬 전하, 다이아나의 신전에서 하신 말씀이 진실이라면,

이분은 전하의 부인이십니다.

페리클레스 성직자로 보이는 분이여, 아니라오.

바로 이 두 팔로 아내를 배 밖으로 던져 수장했소이다.

세리몬 장담하는데, 이 해변에다 그러셨지요.

페리클레스 그럴 수도 있겠군요.

세리몬 왕비님을 돌봐드리십시오. 오, 그분은 너무 기뻐하신 겁니다.

바람이 휘몰아치던 아침 일찍이,

이 해변가에 던져지셨습니다. 제가 그 관을 열었고,

그곳에서 값비싼 보석들을 발견했습니다. 그리고 왕비님을 회복

시키고,

이곳 다이나아 신전에서 지내시도록 모셨습니다.

페리클레스 그것들을 볼 수 있겠소?

세리몬 전하, 제 거처로 오시면 보여드리겠나이다.

제가 초대하겠습니다. 보십시오. 왕비님께서 회복되고 계십니다.

타이사 오, 보여주세요!

그 분이 제 남편이 아니라면, 저의 신성한 직책이

제 감각에 어떠한 귀도 열어주지 않고

통제할 겁니다. 본 것에도 불구하고 말입니다.

오, 당신은 페리클레스 왕이 아니신지요? 그분처럼 말씀하시고, 35

그분 모습 그대로이시니. 폭풍우와, 출생과 죽음 이야기를

하시지 않으셨던가요?

페리클레스 죽은 타이사의 목소리로다!

타이사 그 타이사가 바로 저랍니다.

죽었다고, 익사했다고 여겨지던. 40

페리클레스 불멸의 다이아나 여신이여!

타이사 이제 당신이라는 걸 더 잘 알겠어요.

우리가 눈물 흘리며 펜타폴리스를 떠날 때,

제 부친이신 왕께서 당신에게 그런 반지를 주셨지요.

반지를 보여준다.

페리클레스 이 반지, 이것 말이오. 더 이상은 필요 없소, 오 신이시여!

당신께서 베푸신 지금의 이 행복으로 지나간 제 불행들을 한갓 45

놀이처럼 만들어버리시는군요.

정말 여한이 없습니다. 그녀의 입술에 입 맞추고

제가 녹아버려 더 이상 보이지 않게 된다 하더라도 말입니다.

오, 이리 오시오, 이 두 팔에 다시 한 번 더 묻혀보시구려.

마리나 제 심장은 뛰어올라 50

제 어머니의 가슴 속으로 달려가 버립니다.

타이사에게 무릎 꿇는다.

페리클레스 보시오, 여기 누가 무릎 꿇고 있는지! 당신의 육신에서 나온

　　　자요, 타이사.

　　　바다에서 당신이 고생해서 낳은, 마리나라고 불리오.

　　　그곳에서 그 아이가 태어났으니까.

55 **타이사** 축복받거라, 내 아기!

헬리카너스 왕비마마, 인사 받으십시오!

타이사 누구신지 모르겠습니다만.

페리클레스 내가 이야기 하는 걸 들은 적 있을 것이오. 타이어에서부터

　　　피신해 왔을 때 내가 연로하신 분께 대신 맡겨두고 왔노라고.

60 　　　내가 그 분을 무어라 불렀는지 기억할 수 있겠소?

　　　종종 그 사람 이름을 거론했었는데.

타이사 그렇다면 헬리카너스 경이시군요.

페리클레스 또 한 번 분명해졌구료.

　　　타이사, 그분을 안아드리시구려. 이분이 바로 그분이오.

65 　　　이제 듣고 싶구려. 당신이 어떻게 발견되었는지,

　　　어떻게 참고 견뎌냈는지, 그리고 신들 이외에

　　　이런 엄청난 기적에 대해 누구에게 감사해야 할지.

타이사 세리몬 경이십니다, 전하. 바로 이분을 통해

　　　신들께서 그 권능을 보여주셨지요. 처음부터 끝까지

70 　　　대답해주실 수 있으실 겁니다.

페리클레스 성직자와도 같으신 분,

　　　신들께서 그대보다 더 신과 같은 직분을

　　　인간에게 줄 수는 없을 것이오.

　　　이 죽은 왕비를 어떻게 소생시키셨는지 이야기해주시겠소이까?

세리몬 전하, 그러겠나이다. 75

　　청하오니, 먼저 저와 함께 제 거처로 가시지요.

　　그곳에서 왕비님과 함께 발견되었던 것을 전부 보여드리겠습니다.

　　그리고 어떻게 이곳 신전에 계시게 되셨는지

　　필요한 것은 하나도 빠뜨리지 않고 소상히 알려드리겠나이다.

페리클레스 순결한 다이아나 여신이여, 80

　　환상을 보여주셔서 감사하나이다!

　　당신께 매일 밤 예를 갖추겠나이다.

　　타이사, 이 총독은, 당신 딸과 약혼한 사람으로,

　　펜타폴리스에서 딸과 결혼하게 될 것이오.

　　지금은, 이렇게 내게 붙어있는 장식이 나를 흉하게 보이게 하니 85

　　수염을 깎고 모양을 내겠소.

　　이 14년간 면도를 한 적이 없다오.

　　두 사람의 결혼식을 멋지게 치르기 위해, 내가 좀 꾸며야겠다.

타이사 세리몬 경께서 믿을만한 서신을 받으셨는데, 전하,

　　제 부친께서 돌아가셨다고 합니다. 90

페리클레스 하늘이시여, 그분을 별이 되게 하소서! 하지만, 왕비, 그곳에서

　　이들의 혼례를 축하해주고, 남은 우리 여생을

　　그 나라에서 보낼 것이오.

　　우리 사위와 딸이 타이러스에서 통치하게 하겠소.

　　세리몬 경, 우리는 여기 머물면서 95

　　나머지 이야기를 듣도록 하겠소. 길을 안내해주시오.

모두 퇴장한다.

에필로그

가우어가 들어온다.

가우어 여러분들은 안티오커스 왕과 그의 딸을 통해

괴물같은 욕정과 그로 인한 마땅한 벌과 응보에 관해 들으셨습니다.

페리클레스와 그의 왕비와 딸에게서,

격렬하고 아픈 운명에 고통을 당할지라도

5　　미덕으로 견뎌낸다면 멸망과 파괴의 폭풍으로부터도

하늘에 의해 인도받고, 마침내는 기쁨의 왕관을 쓰게 된다는 것

　　을 보셨습니다.

헬리카너스에게서

진실과 믿음과 충성스런 인물의 본을 발견하셨을 것이며,

거룩한 세리몬에게서는

10　　박식한 자비가 취하는 그 가치가 잘 나타나 보였습니다.

사악한 클레온과 그의 아내는, 페리클레스의 명예로운 이름을 배신한

그들의 잔인한 행동에 대해 소문이 퍼졌고,

그러자 온 도시를 격분하게 만들어

그와 그 가족들을 그의 왕궁에서 불태워버렸답니다.

15　　살인에 대해 신들은 그들을 처벌하는데 매우 만족하신 듯 보였고,

자행되지는 않았다 하더라도 의도한 것에 대해서도 그러했습니다.

그리하여, 여러분들이 지금까지 인내하시며 지켜봐주셨으니,

새로운 즐거움이 여러분과 함께하시길! 여기서 우리의 연극은 끝

맺도록 하겠나이다.

퇴장한다.

작품설명*

1. 저작 연대와 텍스트

『페리클레스』는 1623년 제1이절판(the First Folio)에는 포함되지 않았고, 1664년 제3이절판(Third Folio)에 첨가된 7개 작품 중 하나였다. 이 작품이 제1이절판에 포함되지 않은 것은 셰익스피어가 조지 윌킨스(George Wilkins)와 공작하였고, 3막 이후가 셰익스피어가 쓴 부분으로 알려져 있기 때문으로 보인다. 『페리클레스』는 타이틀 페이지에 셰익스피어의 이름과 더불어 1609년 사절판(Quarto)으로 처음 등장하였다. 이 판본은 가장 악명 높은 사절판 중 하나로 꼽힐 정도로 상태가 매우 나쁜 것으로 알려져 있으며, 공연을 관람한 누군가의 기억에 의존하여 재구축

---

* '저작연대와 텍스트' 부분과 작품 설명의 일부와 공연 소개 부분은 Gossett, Suzanne, ed. *The Arden Shakespeare: Pericles*. London: Bloomsbury, 2004.의 "Introduction"과 Bate, Jonathan and Eric Rasmussen, eds. *The RSC Shakespeare: Pericles*. New York: Modern Library, 2012.의 "Introduction" 부분과 Wikipedia를 참고하여 작성되었음을 밝혀둔다.

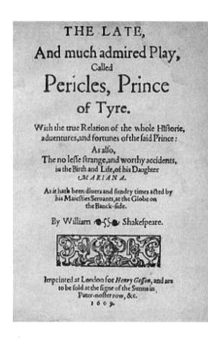

된 해적판으로 여겨질 정도로 상태가 엉망이며 이해하기 어렵다고 한다. 『페리클레스』는 1608년 공연된 당시에는 셰익스피어의 가장 인기 있는 작품 중 하나로 매우 성공했던 작품이었으나, 오랜 시절 묻혀 있다가 최근에 와서 더욱 주목받게 된 작품이다.

『페리클레스』의 원전으로는 두 가지가 흔히 거론된다. 그 하나는 제프리 초서(Geoffrey Chaucer)의 동시대인인 영국 시인 존 가우어(John Gower)가 쓴 것으로, 타이어의 아폴로니우스(Apollonius)의 이야기를 담고 있는 『사랑의 고백』(Confessio Amantis, 1393)이다. 또 다른 소재는 가우어의 이야기의 산문 버전인 로렌스 트와인(Lawrence Twine)의 『고행의 귀감』(The Pattern of Painful Adventures, 1576)으로, 1607년 재판된 바 있다. 또한 관련 작품으로 거론되는 조지 윌킨스의 『페리클레스의 고난의 모험』(The Painful Adventures of Pericles)의 경우 1608년 출판되었는데, 연극작품을 소설화한 것으로 여겨진다.

『페리클레스』의 창작 시기는 대부분의 학자들이 1607년이나 1608년 초로 파악하고 있다. 캠브리지판 편집자들은 이 작품을 셰익스피어의 단

독 작품으로 주장하는 반면, 옥스퍼드판과 아든판의 편집자들은 셰익스피어의 다른 작품에서는 발견되고 있지 않는 윌킨스만의 스타일을 인용하면서 윌킨스를 공저자로 인정하고 있다. 1986년 옥스퍼드 편집본과 이후의 개별 판본들은 윌킨스의 소설이 극작품을 기반으로 하였고 사절판보다는 대사를 더 정확하게 기록하고 있다는 판단에서 이 소설에서 나오는 부분들을 적용하면서까지 이 작품을 새로이 만든 텍스트를 내놓기도 한다.

2. 작품 줄거리

중세 시인 가우어가 등장하여 오랫동안 전해져 오던 이야기를 들려주겠노라고 하며 작품은 시작되고, 가우어는 이후 각 막마다 등장하여 이야기의 진행을 돕는다. 작품의 주인공인 타이어의 왕 페리클레스는 안티오커스 왕의 딸에게 구혼하기 위해 안티옥에 간다. 공주와 결혼하기 위해서는 수수께끼를 풀어야하는데, 그 수수께끼는 근친상간이라는 왕과 공주에 대한 끔찍한 비밀을 담고 있는 것이다. 페리클레스는 왕의 비밀을 알아채고 목숨의 위협을 느껴 도망쳐 고국인 타이어로 돌아오지만 그곳에서도 안전하지 못하다는 것을 알고 나이 많은 충신인 헬리카너스에게 정사를 맡겨놓고 타르서스로 떠난다. 페리클레스는 기근으로 굶어 죽어가고 있는 타르서스 사람들에게 옥수수를 제공하여 목숨을 구해주고 총독인 클레온과 그의 부인 다이오나이자의 은인이 된다. 타르서스에 머무는 중 헬리카너스에게서 온 편지를 읽고 페리클레스는 타이어로 돌아가기 위해 타르서스를 떠난다.

페리클레스는 타르서스를 떠나 항해 길에 올랐으나, 폭풍우를 만나

난파당하여 표류하던 중 펜타폴리스의 해안가에 도착한다. 그곳에서 그는 어부들의 도움을 받아 시모니데스 왕의 궁으로 가서 공주인 타이사의 생일을 기념하여 열리는 마상대회에서 우승한다. 페리클레스는 공주의 마음을 얻게 되어 펜타폴리스에서 공주와의 결혼을 승낙 받는다. 안티오커스 왕이 죽었다는 소식과 그의 목숨이 더 이상 위험하지 않으며 타이어의 귀족들이 그의 복귀를 원한다는 전갈을 받고 페리클레스는 임신한 타이사와 함께 타이어로 향하는 항해 길에 오른다.

항해 중 페리클레스는 또다시 심한 파도와 폭풍우를 만난다. 그 와중에 타이사가 딸을 출산 중에 죽는다. 시체를 배에 두면 안 된다는 뱃사람들의 믿음에 따라 타이사는 관에 넣어져 바다에 수장된다. 페리클레스는 태어난 딸을 바다에서 태어났다는 의미에서 마리나로 이름 짓고, 딸이 타이어까지의 항해를 버텨낼 수 없을 것이라 판단하여 가까운 곳에 있던 타르서스로 방향을 돌려 클레온과 다이오나이자에게 돌보아줄 것을 부탁한다. 그리고 마리나와 유모 라이코리다를 두고 페리클레스만 고국으로의 항해길에 오른다.

한편 타이사의 관이 에피서스의 해안가에 이르고 의술을 지닌 세리먼의 도움으로 타이사는 다시 소생한다. 타이사는 페리클레스가 폭풍우 속에 죽었다고 여기고, 평생 다이아나 여신의 사원에서 여사제로 지내기로 한다. 14년이 지나고, 마리나는 만인들의 눈길을 끄는 아름다운 처녀로 성장하였다. 다이오나이자는 마리나를 자신의 딸을 가리는 방해물로 여기고 하인 레오나인을 시켜 마리나를 죽이려고 시도한다. 레오나인이 마리나를 죽이려는 순간 해적들이 등장하여 마리나를 납치한다. 레오나인은 마리나를 죽였다고 보고하고, 클레온과 다이오나이자는 마리나의 무덤과 비문을 세운다. 타르서스를 방문한 페리클레스는 마리나의 무덤을 보고 딸의 죽음에 슬퍼하고 절망한다.

한편 마리나는 해적들에 의해 미틸리니의 사창가로 팔려간다. 그곳에서 마리나는 순결을 고수하며, 사창가를 방문한 사람들에게 설교하여 그들을 개심시켜 보낸다. 미틸리니의 총독인 라이시마커스가 변장한 가운데 사창가에 왔다가 순결을 지키고자 하는 마리나의 이야기에 감동을 받는다. 마리나는 매춘대신 바느질을 비롯하여 이것저것 가르치는 일을 통해 돈벌이를 하겠다고 제안하고 마침내 사창가의 매춘 행위에서는 벗어난다.

한편 페리클레스는 딸 마리나의 죽음을 듣고 슬픔에 빠져 항해하며 떠돌다가 그의 배가 미틸리니에 정박하게 된다. 해안가에서 해신제를 지내고 있던 라이시마커스가 페리클레스의 배를 보고 방문한다. 슬픔에 빠져 어느 누구와도 대화를 하지 않고 말문을 닫은 페리클레스를 슬픔에서 벗어나게 하려는 시도로 라이시마커스는 언변이 능한 마리나를 떠올리고 그녀를 부르러 보낸다. 서로가 누구인지 모른 채, 마리나는 페리클레스에게 자신이 당한 고통이 왕이 당한 슬픔과 고통에 버금가는 것이라며 자신의 이야기를 들려준다. 페리클레스는 마리나의 출생에 대해 묻고 마리나가 자신의 이름을 말하자, 놀란 가운데 이야기를 계속해나가라고 한다. 페리클레스는 마리나의 이야기가 죽었다고 여긴 딸의 상황과 일치되는 것을 발견하고, 자신의 눈앞에 살아 있는 딸을 보고 기뻐한다. 라이시마커스는 마리나와의 결혼을 청하고 페리클레스의 허락을 얻는다. 페리클레스의 꿈에 다이아나 여신이 나타나 에피서스에 있는 자신의 신전으로 가서 그가 누구이며 그간 겪었던 일들을 모두에게 이야기하라고 지시한다. 페리클레스는 마리나와 함께 에피서스로 향하고 다이아나 여신의 지시대로 행하여, 그 곳에서 여사제로 지내고 있던 타이사를 만나게 된다. 마리나도 어머니와 상봉하고 가족들이 행복한 재회를 맞는다.

마지막에 등장한 가우어는 안티오커스 부녀의 사례뿐 아니라 클레온의 악행을 알고 난 타르서스 백성들이 그와 부인을 죽인 이야기를 들려주며 악은 응징되고 선은 결국 보상받는 것을 강조한다. 또한 악인들만이 아니라 충직한 헬리카너스와 자비로운 세리몬 같은 선인들의 존재도 강조하며, 페리클레스와 그의 가족들이 운명의 변덕을 견뎌내고 결국 재회의 기쁨으로 보상받는 이야기로 정리하며 극을 마무리한다.

3. 작품 해설

『페리클레스』는 『심벌린』, 『겨울 이야기』, 『템페스트』와 함께 '셰익스피어의 로맨스'라고 불리는 4개 작품 중 하나이다. 따라서 다른 로맨스 작품들이 공통적으로 보여주는 요소들을 『페리클레스』도 담고 있다. 셰익스피어의 로맨스 작품들은 비극을 넘어서 새로운 기회를 줌으로써 행복한 결말을 맺고, 부모와 자식 세대를 아우르며 고난과 고통의 과정을 견뎌내고 화해와 재생을 경험하는 세계를 담는다. 『햄릿』, 『맥베스』, 『리어왕』, 『오셀로』같은 비극이 세상의 악들과 인간의 한계 등에 대한 인식을 갖게 하면서 결말부에서 주인공들의 비극적 죽음을 놓고 안타까움을 자아냈다면, 로맨스 작품들은 비극의 주인공들의 그 죽음과 안타까움 이후의 가능성의 세계를 보여준다. 그 과정에서 믿기 어려운 상상과 신화와 기적의 요소들을 가미한 가운데 주인공들은 인고의 과정을 겪은 데 대한 보상을 이 세상에서 경험한다. 이 과정에서 이 작품들은 인생의 섭리와 시간(Time)의 역할과 중요성, 그리고 신의 인도하심과 계획에 대해 새삼 자각하는 기회를 관객들에게 준다.

특히 다른 로맨스들에 비해 『페리클레스』는 '셰익스피어의 오디세이'로 불릴만한 작품으로, 등장인물들이 활동하고 움직이는 공간은 광활하다. 안티옥, 타이어, 펜타폴리스, 타르서스, 미틸리니, 에피서스 같은 지중해 지역의 여러 해안에 인접한 국가에서 주인공 페리클레스가 겪는 경험은 오디세우스가 귀향을 이루기까지 겪는 그 모험과 견주기에는 부족하지만, 그 고통의 크기는 동일하게 다가온다. 왕인 페리클레스가 고국을 떠나 방랑길에 올랐다가 폭풍과 바다에서 모든 것을 상실한 다음 다시 고국으로 돌아가기 위한 과정들, 죽은 아내와 죽었다고 믿었던 딸과의 재회와, 그 과정에서 다이아나 여신의 도움이 큰 점 등, 『페리클레스』는 주인공 페리클레스의 신화적 여정을 담고 있다.

『페리클레스』는 셰익스피어의 다른 작품에서 등장하는 요소들 또한 잘 보여주고 있다. 1막에서 페리클레스가 안티옥에 가서 안티오커스 대왕의 딸에게 구혼하기 위해 수수께끼를 풀어야 하는 것은 『베니스의 상인』에서 포샤와의 결혼을 위해 각지에서 온 구혼자들이 상자를 선택하는 시험에 도전하는 것과 흡사하다. 또한 미틸리니의 사창가의 포주와 포주댁과 보울트는 『자에는 자로』의 미스트리스 오버던과 폼피를 연상시켜주며, 페리클레스가 표류하다 도착한 펜타폴리스에서 만나는 어부들의 대화에서 페리클레스가 깨닫는 것들은 햄릿이 무덤지기들의 대화를 통해 인생에 대해 깨닫는 장면을 연상시켜 준다. 또한 페리클레스의 아내 타이사가 살아서 재회하는 장면은 『겨울 이야기』에서 레온티스와 아내의 재회 장면을 떠올리며, 페리클레스가 딸 마리나와 상봉하는 장면은 『리어왕』에서 리어와 코딜리어가 재회하는 감동적인 장면을 떠올려준다. 그리고 관객들에게 상상력을 동원해달라고 부탁하는 가우어는 『헨리 5세』에서 텅 빈 무대를 전쟁터로 상상해 줄 것을 요청하는 부분을 연상시켜준다. 또한 페리클레스와 마리나 부녀가 안티오커스 왕과 그 딸과 대비되게 설정된 것은 『리어왕』에서 리어와 그의 딸들과 글로스터와 그의 두 아들을 대비시키는 것과 유사하며, 특히 폭풍우 속에서 페리클레스가 내뱉는 대사는 폭풍우 속의 리어가 내뱉는 대사를 떠올려준다.

무엇보다도 『페리클레스』를 특별하게 만드는 요소는 각지에서의 모험을 담아내기에 불가피하게 에피소드적으로 진행되는 이 작품의 특이한 구성을 전체적인 통일감 속에 연결지어주며 스토리텔러의 역할을 담당하는 가우어라는 존재이다. 『페리클레스』는 초서의 친구인 존 가우어의 14세기 시 『사랑의 고백』의 8권에 나오는 이야기에 주로 기반한 것으로 알려져 있는데, 셰익스피어는 이 가우어가 저승에서 찾아와 이야기를 들려주는 형식으로 작품의 틀을 설정하였다. 그리하여 가우어는 코러스의 역할도 맡으며 이야기를 진행해나가고, 장소가 바뀌는 것에 대한 설명과 관객들의 상상력을 동원하도록 유도하는 역할을 한다. 본인 스스로가 자신의 역할이 '간극을 메우기 위함'(stand in the gap)이라고 소임을 밝히며, 이야기에서 매끄럽게 이어지지 못하는 부분을 유기적으로 이어지게 해준다. 가우어의 존재는 브레히트의 '낯설게 하기'의 연극적 효과를 가져다주는 것으로, 작품이 연극임을 끊임없이 상기시켜 준다. 그는 작품에서 진행되는 이야기에 거리감을 둔 가운데 비판적으로 보게 해주는 동시에, 개연성 없는 이야기들도 상상력을 동원하여 수용할 수 있도록 해준다. 이와 같이 가우어는 통일성 없어 보이는 작품의 구조를 연결지어주며 내레이터이자 도덕적인 목소리로 작품 전체를 통일적인 시각으로 보게 해주는 장치이기도 하다.

『페리클레스』는 또한 셰익스피어의 작품 전반에 걸쳐 나타나는 바다라는 공간이 갖는 재생과 정화의 의미를 보여준다. 특히 평온한 상태의 바다가 아닌 폭풍우 몰아치고 파도와 격한 풍랑이 있는 바다의 모습은 죽음과 인간의 무력감과 한계를 인식하게 해주는 공간이다. 그리고 그 풍랑과 폭풍우를 겪은 다음 주인공들을 파도로 씻어내고 해안가로 밀어내어 줌으로써 그들에게 새로운 삶의 기회를 주고 정화의 과정을 통과하게 해주는 재생의 공간이기도 하다. 주인공인 페리클레스의 경우, 바다는 목숨을 위협하는 현실로부터 벗어나기 위해 그 모험의 여정을 시작하도록 불가피하게 선택해야하는 공간이며 통로이다. 그 바다에서 그는 본인의 죽음에 근사한 상황에 접했을 뿐 아니라, 아내를 잃고 딸을 얻었다.

『페리클레스』에는 인생이 바다와 폭풍우로 상징되는 불가해한 힘에 의해 통제된다는 강한 인식이 있다. 이는 자연스럽게 작품을 종교적 차원에서 생각해보게 해준다. 노스롭 프라이(Northrop Frye)가 로맨스를 기독교의 "중심 신화"와 평행을 이루는 "세속적인 성경"(secular scriptures)이라고 언급한 바도 있듯이, 로맨스의 재생과 화해의 주제는 기독교적 의미의 고난과 구원이라는 문제와 연관된다. 또한 셰익스피어가 아폴로니

우스 이야기에 변형을 가한 부분들 역시 하나님의 선하심과 자신을 위한 목적을 온전히 깨닫게 되기 전에 반드시 인간이 거쳐야 하는 고난에 대한 전통적인 기독교적 견해와 관련된다고 한다. 게다가 작품의 무대인 안티옥, 에피서스, 타르서스 같은 공간은 초기 기독교 교회와 관련 있는 지명들이다. 그리고 인내를 대변해주는 페리클레스와 마리나의 고통은 성경적 인물들, 일례로 욥의 고통을 떠올려주고, 페리클레스와 타이사같이 바다에 삼켜지는 인물들은 요나의 경험을 상기시켜준다.

이와 같이 작품은 기독교적이다. 하지만 또 한편으로는 신화적 요소와 함께 다분히 이교적이기도 하다. 『페리클레스』에서 가장 영향력 있는 신이자 지배적인 신은 다이아나 여신이다. 사냥의 여신이자 순결의 여신인 다이아나 여신은 신시아, 루시나 등의 이름으로도 불리며, 작품의 많은 인물들에게 간구의 대상이 되고 있다. 그리고 기적 같은 일들이 이루어지는 경이로운 클라이맥스도 에피서스에 있는 다이아나의 신전에서 일어난다. 다이아나는 어머니로서의 신의 존재를 대표해주며, 남성 중심의 기독교적 강독을 바꾸어주는 것으로 해석되기도 한다.* 또한 마리나가 순결을 지켜내기 위해 다이아나 여신에게 기원하는 것은 성모 마리아에게 기도하는 모습을 연상시키는 가운데 중세 도덕극의 상황과 흡사한 형태를 취하지만, 동시에 마리나가 사창가 같은 지하 세계로 떨어지는 것은 신화에 나오는 프로세피나의 경우와 비교되기도 한다. 『페리클레스』에서는 이처럼 신화적 이교적 요소가 기독교적 요소와 뒤엉켜 묘하게 융합되어 있는 양태를 보여주고 있는 가운데, 인간의 나약함과 절대적인 존재의

---

* Gossett, Suzanne, ed. *The Arden Shakespeare: Pericles*. London: Bloomsbury, 2004. 118.

힘에 대한 인식과 그러한 존재가 궁극적으로 선을 지지하고 있음을 보여주고 있다. 『페리클레스』에서는 선을 상징하는 신들의 도움으로 인간은 파란만장한 인고의 과정을 경험하지만 결국 악인과 그들의 악행은 응징되고 선한 자들은 마땅한 보상을 받게 되는 재생과 치유의 세계를 경험케 해준다.

4. 비평과 공연

『페리클레스』는 17세기 말까지 공연이나 연구에 있어 거의 다루어지지 않아왔다. 『페리클레스』를 "진부한 이야기"(mouldy tale)로 폄하한 1629년 벤 존슨의 비판이 작품성과 관련하여 흔히 인용되어져 왔다. 존슨 이후에도 드라이든 역시 『페리클레스』를 비판한 바 있고, 『페리클레스』는 20세기 중반부까지도 그다지 찬탄 받지 못해왔던 작품이다. 특히 액션의 통일성이 부족한 점과 작품의 에피소드적 성격이 비판받아 왔다. 하지만 20세기 후반부터 이 작품에 대한 비평적 시각이 호의적으로 전환되기 시작하였고, 극작술과 내러티브의 측면에서 작품의 장점을 찾아내기 시작해왔다. 특히 페리클레스와 마리나가 상봉하는 감동적인 장면은 T.S. 엘리엇을 비롯한 많은 이들로부터 호평을 받은 부분이다.

『페리클레스』에 대한 비평적 접근은 로맨스라는 장르적 접근, 이데올로기적, 정치적 접근, 그리고 최근의 공연에서 나타나듯이 포스트모던 탈구조주의적 접근과 페미니스트 접근 등이 있어 왔다. 20세기 대부분은 셰익스피어의 로맨스가 장르적으로 원형적으로 해석되어 왔지만, 1980년경부터 새로운 사조의 등장과 더불어 다양한 해석이 작품 비평과 공연에서 시도되어져 왔다.

『페리클레스』의 최초 공연과 관련하여, 당시 영국을 방문한 베네치아 대사가 1606년 1월 5일부터 1608년 11월 23일까지 런던에서 공연된 '페리클레스'라고 제목이 붙은 연극을 보았다는 기록이 남아있다. 당대에 이런 제목으로 공연된 것은 셰익스피어의 『페리클레스』 외에는 없었기에 이 공연이 『페리클레스』의 최초 공연으로 언급되기도 한다. 하지만 확실한 것으로 제시되는 최초의 공연은 1619년 5월에 화이트홀에서의 공연이다. 또한 1631년 6월 10일에 글로브극장에서도 공연된 바 있다.

『페리클레스』는 1660년에 극장이 다시 개장된 직후 콕핏 극장(The Cockpit Theatre)에서 공연됨으로써 왕정복고 이후에 가장 먼저 부활된 셰익스피어 작품이다. 이 사실은 페리클레스가 왕이라는 위치로 다시 복귀하는 작품의 기본 플롯이 찰스 2세 지지자들에게 매력적이었음을 보여준다. 이후 1738년 조지 릴로(George Lillo)가 마리나를 부각시키며 권선징악적 멜로드라마로 개작한 3막극 『마리나』(Marina)가 코벤트가든에서 공연되기까지 『페리클레스』는 공연되지 않았다. 그리고 1854년에 사무엘 펠프스(Samuel Phelps)가 가우어 부분은 모두 삭제시킨 상태로 무대에 올리게 되었는데, 펠프스는 빅토리아 시대의 데코럼의 개념에 맞추고자 근친상간과 매춘 부분은 작품에서 모두 들어내어 버렸다. 1929년에 월터 누겐트 몬크(Walter Nugent Monck)가 노르위치의 매더마켓 극장(Maddermarket Theatre)에서 안티옥 장면이 중심인 1막을 삭제한 상태로 『페리클레스』를 리바이브하는데, 이 공연을 계기로 『페리클레스』는 인기를 얻게 된다.

그 후 『페리클레스』는 세계대전 이후 1958년 스트랫포드의 셰익스피어 기념극장(The Shakespeare Memorial Theatre)에서 토니 리차드슨(Tony Richardson)이 연출하고 폴 스코필드(Paul Scofield)가 페리클레스 역을 맡아 공연하여 성공한 바 있다. 무대에 큰 배를 디자인하여 전체 무대를 지배하게 한 가운데, 작품에 통일감을 부여한 이 공연에서는 가우어가 배에서 일군의 선원들에게 이야기를 들려주는 스타일을 취하여, 가우어가 중심인물이 되었다. 또한 이 공연은 그간 삭제해왔던 안티옥 장면을 포함시킨 최초의 스트랫포드 공연이자, 주제적으로 일관된 접근법의 모델이 되었다. 이후의 스트랫포드 공연으로는 호평을 받은 1969년 테리 핸즈(Terry Hands)에 의한 공연, 1979년 디어더플레이스(The Other Place) 극장에서 론 다니엘(Ron Daniels)이 연출한 공연, 1989년 데이비드 태커(David Thacker)가 스완 극장(Swan Theatre)에서 연출한 공연 등이 있다.

1990년대의 『페리클레스』 공연들은 이전 공연들과는 차별화되는데, 주제나 톤에 있어 일관성을 추구하기보다 작품의 배경의 다양한 부분을 강조해왔다. 그 가운데 대표적인 포스트모던 탈구조주의 공연으로 뉴욕 셰익스피어 페스티벌에서의 마이클 그리프(Michael Greif)의 공연과 1994년 국립극장(National Theatre)의 필리다 로이드(Phyllida Lloyd)의 공연, 그리고 1998년 뉴욕 셰익스피어 페스티벌의 브라이언 쿨릭(Brian Kulick)의 공연이 주목받은 바 있다. 로이드가 연출한 『페리클레스』는 주요 영국 무대에 올라온 최초의 포스트모던 『페리클레스』로 평가받는다. 로이드는 작품의 통일성보다는 이국적인 음악과 춤을 비롯한 시각적 효과들을 사용하며 페리클레스가 거쳐 가는 각 지역마다 모두 차별화시켰다. 또한 배역들이 상이한 언어를 사용하게 하고, 한 명의 배우가 여러 역할을 맡게 한 점도 특이한 접근법으로 거론된다.

1998년 조 반노(Joe Banno)가 연출한 워싱턴 셰익스피어 컴퍼니의 공연은 정치적인 『페리클레스』를 연출하였다. 특이하게도, 이 공연은 관객이 고정석에 앉아 있는 대신, 7개의 소무대들을 설치하여 가우어가 여행안내자가 되어 관객들을 한 무대에서 다음 무대로 안내해주는 획기적인 형식을 취했다. 그리고 페리클레스의 여정을 1968년에서 1998년까지의 미국이 경험한 주요한 정치적 문화적 사건들을 겪는 여행으로 변화시켰다. 작품은 베트남 전쟁으로 시작하여, 군복을 입은 페리클레스가 등장하여 안티오커스 장군의 딸을 놓고 벌이는 콘테스트에 참가한다. 이 공연에서는 미국의 대표적 문화적 변화들로 부각되는 부분들을 관객들이 실제로 옮겨 다니며 페리클레스의 여정에 동참하게 된다.

2000년대 공연의 대표적인 것으로는 아드리안 노블(Adrian Noble)이 연출한 RSC의 2002년 공연을 꼽을 수 있다. 이 공연은 다양성과 작품의 배경이 된 공간들의 다문화적 측면을 강조하였다. 흑인 페리클레스, 백인 타이사, 혼혈 마리나를 등장시킨 가운데, 이 공연은 오리엔탈리즘과 근대의 동서양의 만남에 대한 관심을 반영하여, 터번을 두른 연주자들이 동양의 음악을 그리스 악기로 연주하고, 동양식 복장을 갖춘 배우들이 등장하였다. 하지만 기본적인 접근법은 전통적으로 해석되는 고난과 회복의 주제로 통일되어졌다.*

또한 페미니즘의 영향을 받은 공연들도 등장하였다. 그 가운데 1999

---

* Gossett, Suzanne, ed. *The Arden Shakespeare: Pericles*. London: Bloomsbury, 2004. 104.

년 애쉬랜드(Ashland) 공연의 경우 텍스트에 직접 등장하지 않는 클레온의 딸을 무대에 등장시켰는가 하면, 가우어의 입을 빌어 마리나와 필로텐 사이의 소녀들의 우정에 대해 설명이 덧붙여졌고, 타이사가 왕 대신 마상 시합을 주관하고, 세리먼을 여의사로 설정하기도 했다. 또한 페미니즘 접근법에서는 마리나의 경우를 통해 여성의 성 상품화의 문제와 여성의 섹슈얼리티에 대한 논의와 작품의 젠더 문제를 부각시키기도 한다.

이와 같이 『페리클레스』는 작품성에 대한 비난도 받으며 연구와 공연의 측면에서 오랜 세월 동안 셰익스피어의 작품들 가운데 간과되고 소홀히 되어온 작품이었지만, 2003년에 런던에서만도 세 개의 주요 공연이 있었을 정도로, 세계화를 지향하는 21세기에 들어 더욱 많이 공연되고 있는 작품으로 새로이 자리 잡게 되었다.

셰익스피어 생애 및 작품 연보

셰익스피어의 생애와 작품의 집필연대 중 일부는 비교적 정확히 기록되어 있는 자료에 의존할 수 있지만, 대부분은 막연한 자료와 기록의 부족으로 그 시기를 추정할 수밖에 없으며, 특히 작품 연보의 경우 학자들에 따라 순서나 시기에 차이가 있음을 밝힌다.

1564	잉글랜드 중부 소읍 스트랫포드 어폰 에이번Stratford-upon-Avon 출생(4월 23일). 가죽 가공과 장갑 제조업 등 상공업에 종사하면서 마을 유지가 되어 1568년에는 읍장에 해당하는 직high bailiff을 지낸 경력이 있는 존 셰익스피어와, 인근 마을의 부농 출신으로 어느 정도 재산을 상속받은 메리 아든Mary Arden 사이에서 셋째로 출생. 유복한 가정의 아들로 유년시절을 보냄.
1571	마을의 문법학교Grammar School에 입학했을 것으로 추정.
1578	문법학교를 졸업했을 것으로 추정. 졸업 무렵 부친 존은 세금도 내지 못하고 집을 담보로 40파운드 빚을 냄.
1579	부친 존이 아내가 상속받은 소유지와 집을 팔 정도로 가세가 갑자기 어려워짐.
1582	18세에 부농 집안의 딸로 8년 연상인 26세의 앤 해서웨이 Anne Hathaway와 결혼(11월 27일 결혼 허가 기록).
1583	결혼 후 6개월 만에 맏딸 수잔나Susanna 탄생(5월 26일 세례 기록).
1585	아들 햄넷Hamnet과 딸 쥬디스Judith(이란성 쌍둥이) 탄생(2월 2일 세례 기록).

1585~1592	'행방불명 기간'lost years으로 알려진 8년간의 행방에 관한 자료가 거의 없음. 학교 선생, 변호사, 군인, 혹은 선원이 되었을 것으로 다양하게 추측. 대체로 쌍둥이 출생 이후 어떤 시점(1587년)에 식구들을 두고 런던으로 상경하여 극단에 참여, 지방과 런던에서 배우이자 극작가로서 경험을 쌓았을 것으로 추측.
1590~1594	1기(습작기): 주로 사극과 희극 집필.
1590~1591	초기 희극 『베로나의 두 신사』(*The Two Gentlemen of Verona*) 『말괄량이 길들이기』(*The Taming of the Shrew*)
1591	『헨리 6세 2부』(*Henry VI, Part II*)(공저 가능성) 『헨리 6세 3부』(*Henry VI, Part III*)(공저 가능성)
1592	『헨리 6세 1부』(*Henry VI, Part I*)(토머스 내쉬Thomas Nashe 와 공저 추정) 『타이터스 안드로니커스』(*Titus Andronicus*)(조지 필George Peele과 공동 집필/개작 추정)
1592~1593	『리처드 3세』(*Richard III*)
1592~1594	봄까지 흑사병 때문에 런던의 극장들이 폐쇄됨.
1593	「비너스와 아도니스」(*Venus and Adonis*)(시집)
1594	「루크리스의 강간」(*The Rape of Lucrece*)(시집) 두 시집 모두 자신이 직접 인쇄 작업을 담당했던 것으로 추정되며, 사우샘프턴 백작The third Earl of Southampton에게 헌사하는 형식. 챔벌린 극단Lord Chamberlain's Men의 배우 및 극작가, 주주로 활동.
1593~1603 및 이후	『소네트』(*Sonnets*)

1594	『실수 연발』(*The Comedy of Errors*)
1594~1595	『사랑의 헛수고』(*Love's Labour's Lost*)
1595~1600	2기(성장기): 낭만희극, 희극, 사극, 로마극 등 다양한 장르 집필.
1595~1596	『로미오와 줄리엣』(*Romeo and Juliet*)
	『리처드 2세』(*Richard II*)
	『한여름 밤의 꿈』(*A Midsummer Night's Dream*)
	『존 왕』(*King John*)
1596	아들 햄넷 사망(11세, 8월 11일 매장).
	부친의 가족 문장 사용 신청을 주도하여 허락됨(10월 20일).
1596~1597	『베니스의 상인』(*The Merchant of Venice*)
	『헨리 4세 1부』(*Henry IV, Part I*)
	스트랫포드에 뉴 플레이스 저택Great House of New Place 구입 (마을에서 두 번째로 큰 저택으로 런던 생활 후 은퇴해서 죽을 때까지 그곳에 기거).
1598	벤 존슨Ben Jonson의 희곡 무대에 출연.
1598~1599	『헨리 4세 2부』(*Henry IV, Part II*)
	『헛소동』(*Much Ado About Nothing*)
	『헨리 5세』(*Henry V*)
1599	시어터 극장The Theatre에서 공연하던 셰익스피어의 극단이 땅주인의 임대계약 연장을 거부하자 '극장'을 분해하여 템즈강 남쪽 뱅크사이드 구역으로 옮겨 글로브 극장The Globe을 짓고 이곳에서 공연. 지분을 투자하여 극장 공동 경영자가 됨.
1599~1600	『줄리어스 시저』(*Julius Caesar*)
	『좋으실 대로』(*As You Like It*)

1601~1608	3기(원숙기): 주로 4대 비극작품이 집필, 공연된 인생의 절정기
1600~1601	『햄릿』(*Hamlet*)
	『윈저의 즐거운 아낙네들』(*The Merry Wives of Windsor*)
	『십이야』(*Twelfth Night*)
1601	「불사조와 거북」(*The Phoenix and the Turtle*)(시집)
	아버지 존 사망(9월 8일 장례).
1601~1602	『트로일러스와 크레시다』(*Troilus and Cressida*)
1603	엘리자베스 여왕 사망(3월 24일). 추밀원이 스코틀랜드의 제임스 6세를 잉글랜드의 제임스 1세로 선포.
	제임스 1세 런던 도착(5월 7일) 후 셰익스피어 극단 명칭이 챔벌린 경의 극단에서 국왕의 후원을 받는 국왕 극단King's Men으로 격상되는 영예(5월 19일).
	제임스 1세 즉위(7월 25일).
1603~1604	『자에는 자로』(*Measure for Measure*)
	『오셀로』(*Othello*)
1605	『끝이 좋으면 모두 좋다』(*All's Well That Ends Well*)
	『아테네의 타이먼』(*Timon of Athens*)(토머스 미들턴Thomas Middleton과 공동작업)
1605~1606	『리어 왕』(*King Lear*)
1606	『맥베스』(*Macbeth*)
	『안토니와 클레오파트라』(*Antony and Cleopatra*)
1607	딸 수잔나, 성공적인 내과의사인 존 홀John Hall과 결혼(6월 5일).
1607~1608	『페리클레스』(*Pericles*)(조지 윌킨스George Wilkins와 공동작업)
	『코리올레이너스』(*Coriolanus*)

1608~1613	제4기: 일련의 희비극 집필.
1608	셰익스피어 극장이 실내 극장인 블랙프라이어스Blackfriars 극장을 동료배우들과 함께 합자하여 임대함(8월 9일).
	어머니 메리 사망(9월 9일 장례).
1609	셰익스피어 극장이 블랙프라이어스 극장 흡수, 글로브 극장과 함께 두 개의 극장 소유.
1609~1610	『심벌린』(*Cymbeline*)
1610~1611	『겨울 이야기』(*The Winter's Tale*)
	『태풍』(*The Tempest*)
1611	고향 스트랫포드로 돌아가 은퇴 추정.
1613	『헨리 8세』(*Henry VIII*)(존 플레처John Fletcher와 공동작업설)
	『헨리 8세』 공연 도중 글로브 극장 화재로 전소됨(6월 29일).
1613~1614	『두 귀족 친척』(*The Two Noble Kinsmen*)(존 플레처와 공동작업)
1614~1616	말년: 주로 고향 스트랫포드의 뉴 플레이스 저택에서 행복하고 평온한 삶 영위.
1616	둘째 딸 쥬디스, 포도주 상인 토마스 퀴니Thomas Quiney와 결혼(2월 10일).
	쥬디스의 상속분을 퀴니가 장악하지 않도록 유언장 수정(3월 25일).
	스트랫포드에서 사망(4월 23일. 성 삼위일체 교회 내에 안장).
1623	『페리클레스』를 제외한 36편의 극작품들이 글로브 극장 시절 동료 배우 존 헤밍John Heminge과 헨리 콘델Henry Condell이 편집한 전집 초판인 제1이절판으로 출판됨.
	아내 앤 해서웨이 사망(8월 6일).